Hans-Jürgen Hennig

BURK DER NEANDERTALER
WOLFSKÖNIGIN ARDAK

und andere Geschichten

novum ◢ pro

Bibliografische Information
der Deutschen Nationalbibliothek:

Die Deutsche Nationalbibliothek
verzeichnet diese Publikation in
der Deutschen Nationalbibliografie.
Detaillierte bibliografische Daten
sind im Internet über
http://www.d-nb.de abrufbar.

© 2022 novum Verlag

ISBN 978-3-99131-067-9
Lektorat: D. H.
Umschlagfotos: Hans-Jürgen Hennig
Flas100 | Dreamstime.com
Umschlaggestaltung, Layout & Satz:
novum Verlag
Autorenfoto: Hans-Jürgen Hennig

www.novumverlag.com

Gedruckt in der Europäischen Union
auf umweltfreundlichem, chlor- und
säurefrei gebleichtem Papier.

Climate neutral
Print product
ClimatePartner.com/16547-2201-1002

INHALTSVERZEICHNIS

ARDAK, DIE WOLFSKÖNIGIN

Erdan begann zu erwachen. Ganz langsam schlich sich der neue Tag in sein Bewusstsein. Zuerst nahm er den Duft von frischem Brot wahr und dann etwas Rauch vom Feuer. Er kniff die Augen zusammen und wollte eigentlich weiterschlafen, aber ein leises Kichern ließ seine Sinne aufmerksam werden.

Er hörte das Feuer knistern und dann, wie Vater und Mutter leise lachten.

Erdan blinzelte zu ihnen hinüber und sah, wie seine Eltern genüsslich ihren Tee tranken und amüsiert zu ihm schauten. Die Mutter hielt sich kichernd die Hand vor den Mund.

Etwas verwundert folgte Erdan ihren Blicken. Als er dann auf sein Schlaffell schaute, brummte er unwirsch und drehte sich ruckartig auf die Seite. Blut schoss ihm in den Kopf, weil die Eltern wohl sahen, dass er gerade einen *süßen* Traum gehabt hatte.

Da tauchten auch schon die letzten Bilder seines Traumes wieder in seinem Kopf auf; der Wolf und dieses wunderschöne Mädchen. Er versuchte die Bilder festzuhalten, aber je mehr er sich bemühte, desto schneller verflogen sie in einem dichten Nebel.

Die Mutter kicherte immer noch, und als Erdan sich endlich aufsetzte, fragte der Vater mit einem breiten Grinsen im Gesicht: „Hattest du einen *sehr* schönen Traum?"

Erdan schaute erst verlegen, rieb sich die Augen und brummte leise: „Ja ... Dieses Mädchen war wirklich wunderschön. Aber da war auch ein Wolf ..."

Im Gedanken an ihre vollen Lippen hielt er inne, schloss die Augen und spürte erneut ihren zarten Kuss, ihren Duft und die Wärme ihres Körpers. Sehnsüchtig wollte er seine Gedanken wieder zurück in den Traum schicken, aber das Räuspern seines Vaters holte ihn in die Wirklichkeit zurück.

„Mein Sohn, wollten wir nicht heute Morgen zur Jagd in die Steppe aufbrechen? Du solltest langsam wach werden und einen Happen essen, damit du mir nachher nicht vom Pferd fällst."

Erdan hatte das Gefühl, dass ihm die Röte ins Gesicht stieg. „Ich bin ja schon wach, und ich setze mich auch gleich zu euch." Flink warf er das Schlaffell zur Seite und huschte hinaus, um sich frisch zu machen.

Einen Augenblick später saß er neben seinen Eltern am Feuer und sog genießerisch den heißen Tee über die Lippen.

Während er noch seinen plötzlich erwachten Hunger stillte, griff sich der Vater seinen Pfeilköcher, zählte kurz die Pfeile und stieß Erdan auffordernd in die Rippen. „Junge, was ist los mit dir, träumst du immer noch?"

Erdan schaute den Vater fragend an und zog die Augenbrauen etwas zusammen. „Nein, ich träume nicht mehr, aber mir gingen gerade die Geschichten durch den Kopf, die Großmutter so oft erzählt hat. Da war eine, die mir immer besonders gut gefallen hat …"

Bevor er weitersprechen konnte, kam aus dem Halbschatten, zwischen den Vorhängen, die Stimme der Großmutter: „Kindchen, ich weiß genau, welche Geschichte das war, die dir so gut gefiel. Ich musste sie dir ja immer und immer wieder erzählen. Hast du etwa von der Wolfskönigin geträumt?"

Die dicken Vorhänge teilten sich, und die Großmutter kam mit einem verschmitzten Lächeln hervor.

Ihr Gesicht war von hunderten Fältchen durchzogen und zeigte jetzt ein so gütiges Lächeln, dass Erdan nicht anders konnte, als ihre Hand zu ergreifen und sie zu streicheln.

„Ja, Großmutter, ich liebe diese Geschichte, und wenn wir jetzt nicht gleich aufbrechen würden, müsstest du sie mir noch einmal erzählen.

Großmutter, sag, hast du mir etwa in meinen Traum geschaut? Ja, da war ein wunderschönes Mädchen, und es war mir auch zugeneigt, aber da war auch ständig ein Wolf."

Erdan strich sich nachdenklich über die Stirn. „Es war schon sehr seltsam, wie der Wolf immer dann auftauchte, wenn ich mich dem Mädchen zuwenden wollte. Er wirkte aber nicht ängstlich, sondern eher zutraulich.

Hm, merkwürdig."

Die Großmutter legte ihre Hand auf die seine. „Es war kein gewöhnlicher Wolf, sondern eine Wölfin. Es war die Wolfskönigin, die Prinzessin Ardak."

Erdan las der Großmutter gebannt jedes Wort von den Lippen. Sprach sie über seinen Traum?

„Weil sie zu stolz war, einen einfachen Jäger zu heiraten, wurde sie in eine Wölfin verwandelt, und nur ein einfacher Jäger kann sie wieder von diesem Fluch erlösen."

Erdan runzelte die Stirn. „Wie kann denn ein einfacher Jäger so ein Mädchen erlösen? Wie soll er ihr denn all das geben, was eine Prinzessin braucht?"

„Erdan, du bist doch kein Dummkopf!" Die Großmutter zog ihn am Ärmel näher zu sich heran. „Du hast doch alles, was ein junger Mann braucht. Du hast einen wachen Geist, kräftige Arme, ein heißes Herz, Eltern, die dich lieben, einen Platz am Feuer, wo du immer willkommen bist, und einen Vater, der dich alles lehrt … Ach ja, und bald auch ein Schwesterchen."

Erdans Blick flog überrascht zu seinen Eltern, und er sah, wie sie ihn wissend anlachten.

„Diese Wölfin, das Mädchen Ardak, wird dich erkennen, wenn du sie wirklich begehrst", fuhr die Großmutter fort. „Wenn sie dich im Traum besucht hat, wird sie dich erwählt haben. Sie wird zu dir sprechen …" Die Großmutter überlegte einen Moment. „Du musst ihr danach dreimal folgen, bevor sie dein wird."

Umit ritt mit geschlossenen Augen, atmete tief und genüsslich die Frühlingsluft ein. Kurz hinter ihm ritt sein Sohn und hielt ebenfalls die Augen geschlossenen, aber, wie Umit vermutete, hatte er hierfür andere Gründe, als den Frühling zu genießen, denn auf seinem Gesicht sah er deutlich diesen träumerischen Ausdruck. Es war das gleiche Lächeln wie heute früh, als der Sohn von seinem *süßen* Traum erzählte.

Umit lächelte; er kannte ja seinen Sohn.

„Erdan, ich glaube, wir haben Glück und es wird ein wunderschöner Tag werden, und sieh die Blüten, der Frühling zeigt sich bereits."

Erdan blinzelte etwas und trieb sein Pferd an, um zum Vater aufzuschließen. „Ja, es ist ein wunderschöner Tag, aber ich muss immer an Großmutters Worte denken. Wie soll ich mich da auf unsere Jagd konzentrieren? Laufend höre ich einen Wolf heulen …"

„Mein Junge, vielleicht hast du weder geträumt noch dich geirrt, denn einen Moment lang glaubte auch ich, einen Wolf heulen zu hören."

Es war schon später Nachmittag und die Sonne stand nur noch zwei Handbreit über dem Horizont, als in der unendlichen Grasweite Büsche und in einiger Entfernung ein mächtiger Baum auftauchten. Vater und Sohn näherten sich dem Fluss.

Umit hielt auf den einzigen, aber riesigen Baum zu, der nur einen Steinwurf entfernt vom Fluss stand, und deutete seinem Sohn an, dass sie hier rasten würden.

Der Vater saß ab, breitete die Arme aus und rief erleichtert: „Erdan, lass uns hier übernachten. Wir haben zwar noch kein Wild erlegt, aber es war trotzdem ein sehr schöner Tag. Der Frühlingswind war wie ein milder Hauch und richtig angenehm, nicht mehr so schneidend wie noch vor Kurzem.

Morgen haben wir bestimmt mehr Glück. Wir werden dem Fluss ein Stück folgen und treffen dort irgendwo ganz sicher auf lohnendes Wild. Ich weiß schon, wo wir suchen müssen."

Erdan nickte nur und meinte: „Ja, ich kann mir vorstellen, wo du hinwillst."

Er ging ein paar Schritte in Richtung Fluss.

Geblendet von der tiefstehenden Sonne, hielt Erdan die Hand über die Augen und suchte das Flussufer nach einer guten Stelle zum Wasserschöpfen und zum Tränken der Pferde ab.

Ganz anders als in der trockenen Steppe roch die Luft hier nach Wasser. Erdan glaubte schon den Fluss zu schmecken und schmatzte mit den Lippen.

Ein Stückchen weiter, dort, wo das sandige Ufer begann, stutzte er. Eine frische Wolfsspur schlängelte sich auf dem feuchten Sand entlang. Die Abdrücke waren noch so scharf, als ob der Wolf gerade erst vorbeigelaufen wäre.

Erdan reckte den Hals und schaute sich um.

Kopfschüttelnd ging er zurück zum Baum, wo der Vater schon die Pferde abgesattelt hatte.

„Ein Wolf muss erst vor kurzer Zeit hier am Fluss entlanggelaufen sein." Erdan zeigte mit der Hand hinunter zum Ufer.

„Nicht nur hier, auch weiter oben haben wir mehrmals eine Wolfsfährte gekreuzt", erwiderte der Vater.

Er klopfte seinem Sohn leicht auf die Schulter und begann ein Feuer zu entfachen.

Erdan führte die Pferde hinunter zum Fluss. Ein Pferd links und eines rechts an der Hand, ging er mit leicht gesenktem Kopf und ließ seine Gedanken wieder zurück in den Traum gleiten.

Als er mit den Pferden wieder den Rastplatz erreichte, brannte das Feuer bereits munter und der Vater hatte ihr Abendessen auf einem Tuch ausgebreitet.

Erdan band beiden Pferden die Beine locker zusammen, damit sie nicht so weit wegliefen und setzte sich zum Vater.

Es gab Brot, Trockenfleisch, Äpfel und etwas Käse.

Als Erdan es sich bequem gemacht hatte und zu essen begann, griff der Vater nach dem Pfeilköcher seines Sohnes. Er zog einen Pfeil heraus und musterte ihn prüfend im Schein der Flamme.

„Junge, du machst ja hervorragende Pfeile. Alle Achtung, die sind wirklich besser als meine."

Er nickte Erdan anerkennend zu und fragte scherzhaft: „Wer hat dir denn das beigebracht, solche Pfeile zu machen?"

Erdan lächelte zurück. „Wie Großmutter schon sagte, bin ich reich und habe einen Vater, der mich alles lehrt.

Danke, Vater. Wenn meine Pfeile jetzt besser sind als deine, kannst du sie gerne haben."

Umit fuhr immer noch prüfend mit einem Finger über die Befiederung des Pfeils, als er sich ruckartig umdrehte und bedeutungsvoll den Finger auf dem Mund legte.

Erdan verstand sofort und musterte die Umgebung. Was hatte Vaters Aufmerksamkeit erweckt?

„Ich bin sicher, der Wolf schleicht hier herum", flüsterte der Vater. „Ich habe eben seine Schritte gehört und ihn auch ganz kurz, einem Schatten gleich, dort im Nebel gesehen."

Wie um die Worte des Vaters zu bestätigen, erklang ein langgezogenes Heulen ganz in ihrer Nähe aus dem dichten Nebel.

Erdan spürte sofort einen Schauer über den Rücken laufen und blickte um sich, aber in dem Nebel, der vom Fluss aufgestiegen war, konnte man nicht weit sehen. Es waren einzelne Nebelschwaden, die sich langsam vom Fluss in die Steppe bewegten. Die Pferde, die knapp hinter dem Baum standen, waren gerade noch zu erkennen. Aber wie Erdan überrascht feststellte, hatten sie aufgehört zu grasen und hielten ihre Köpfe erhoben. Ihre Ohren waren lauschend aufgestellt.

Mit lautlosen Zeichen machte er seine Beobachtung dem Vater verständlich.

Umit nickte und hielt weiterhin nach allen Seiten Ausschau.

Die Pferde begannen plötzlich unruhig zu tänzelten und drängten näher zum Baum, und dann sah Erdan den Wolf durch den dichten Nebel schleichen. Er zog einen großen Kreis um ihren Lagerplatz.

„Wolf? Wölfin?", gingen ihm Großmutters Worte durch den Kopf.

Ein Schauer lief ihm über den Rücken, und er merkte, wie sich die Härchen in seinem Nacken aufstellten. Es war ihm, als ob die Luft am Gesicht zu kribbeln begann, und überdeutlich roch er etwas, das er nicht kannte.

Dieser Geruch, Großmutters Worte und diese ganze merkwürdige Situation sagten ihm, dass hier etwas Unwirkliches geschah, und alle seine Sinne waren schlagartig hellwach.

Als er seine Wahrnehmungen dem Vater mitteilen wollte, stelle er erstaunt fest, dass der sich in sein Fell gerollt hatte, auf der Seite lag und bereits schlief.

Erdan riss ungläubig die Augen auf. Wieso schlief der Vater schon? Mit angespannten Sinnen suchte er weiter nach der Wölfin.

Dann hörte er ihre Schritte ganz leise im trockenen Gras. Vorsichtig umkreiste sie den Lagerplatz und kam langsam näher. Nur ab und zu sah er ihre schlanke Gestalt aus dem dichten Nebel auftauchen, um gleich darauf wieder darin zu verschwinden.

Dann waren ihre Schritte plötzlich nicht mehr zu hören, und so sehr Erdan auch sein Gehör anstrengte, nur eine unheimliche Stille war in seinen Ohren.

Es war, als ob die Zeit stillstehen würde; nichts war mehr zu hören, nicht einmal der leiseste Windhauch. Kein Blatt raschelte am Baum, nur der Nebel kroch weiter lautlos in die Steppe.

Dann stutzte er. Ihm wurde plötzlich klar, dass selbst das Kauen der Pferde nicht mehr zu hören war. Er schaute nach ihnen, aber er sah sie völlig entspannt dastehen, so als ob sie schliefen.

Das war alles mehr als seltsam.

Diese Stille und das Prickeln im Gesicht wurden ihm unheimlich, und langsam glitt seine Hand zum Messer am Gürtel. Die Haare unter der Mütze schienen sich aufzurichten, so empfand er diese Unwirklichkeit.

Als er die Anspannung kaum noch aushalten konnte und sich in seiner Kehle ein verhaltenes Stöhnen formte, drangen plötzlich leise, zögernde Schritte an sein Ohr. Seine Blicke gingen in die Richtung dieses kaum wahrnehmbaren Geräuschs, und dann trat ein Schatten hinter dem Baum hervor.

Erdans Hand ließ das Messer los; dort kam kein Feind. Sie war auch keine Wölfin. Sie war …, sie war das Mädchen aus seinem Traum und einfach wunderschön, als sie in den Schein des Feuers trat. Ein unsicher wirkendes Lächeln lag auf ihrem Gesicht. Sein Herz schlug bis zum Hals, es raste, und Erdans Mund wurde mit einem Male so trocken, als hätte er den ganzen Tag nichts getrunken.

Jetzt rauschte es auch noch in seinen Ohren, als ob ein kräftiger Wind durch die Zweige des Baumes wehen würde.

Sie stand einfach da, im hellen Schein des Feuers, und lächelte ihm zu.

Zögernd und unsicher kam sein erster Schritt, dann der zweite, da hob sie beide Hände zu einer einladenden Geste und ging ihm einen Schritt entgegen.

Ihr Gesicht, vom lodernden Feuer erhellt, strahlte so bezaubernd, dass Erdans Herz wieder wild zu hämmern begann. Ja, sie war das Mädchen aus seinem Traum, und ihre Hände luden ihn jetzt ein, näher zu kommen.

Ihre Geste löste eine Sehnsucht in ihm aus, die ihn fast überwältigte. Das Verlangen nach ihren Lippen, die ihn schon einmal im Traum geküsst hatten, wuchs.

Als ihn nur noch ein Schritt von ihr trennte, sah er in ihre dunklen Augen, die seinen Blick suchten, und sein Herzschlag beschleunigte sich erneut zu einem dumpfen Hämmern.

Dann spürte er ihre Hände, die ihn sanft heranzogen, und er war zu keiner Reaktion mehr fähig, außer in ihrem Blick zu versinken.

Wie aus weiter Ferne hörte er ihre Stimme und begriff kaum ihren Sinn: „Ich bin Ardak."

Fast ohne sein Zutun zogen jetzt seine Hände das Mädchen zu sich heran, dann hielt er inne.

Sie löste ihre Hände aus den seinen und berührte sein Gesicht. Ganz langsam zog sie seinen Kopf zu sich heran, bis ihr Atem über seine Lippen ging.

Aus Erdans Kehle drang ein leises Keuchen, als er an der Wange ihre Wärme spürte; und als ihre Lippen auf seinem Mund lagen, war das heftige Ziehen im Bauch wieder da, das er heute früh beim Erwachen verspürt hatte.

Nur noch ein Gedanke beherrschte ihn: „Die Wolfskönigin, Ardak ... Sie erlösen?"

Zu keinem anderen Gedanken mehr fähig, ging Erdan, Ardak mitziehend, langsam in die Knie.

Im Schein des Feuers knieten beide, heftig atmend, voreinander. Versunken in ihren Blicken, hielten sie sich bei den Händen.

Erdan schien dieser Moment eine Ewigkeit zu dauern, doch dann spürte er, wie seine Sinne wieder aus der Tiefe erwachten. Schauer um Schauer überliefen ihn, als Ardaks Hände sich langsam unter seine Kleidung schoben.

Die zarte Berührung ihrer Hand auf seinem klopfenden Herzen ließ seine Wangen glühen. Noch nie hatte er so empfunden, und in seinen Ohren klang das leise Singen der Blätter über ihm.

Wie lange dieser Moment dauerte, wusste Erdan nicht, bis ein sachter Windhauch seine Wangen kühlte.

Er war sich ganz sicher, dass er nicht träumte, und holte langsam Luft, um etwas zu sagen, da legte Ardak ihm einen Finger auf den Mund.

„Sprich nicht. Ich sage dir alles, was du wissen musst.

Schon lange suche ich dich und habe oft nachts eure Jurte umkreist.

Du bist der Mann, der den Bann lösen und mein Schicksal wenden kann.

Halte mich ... Halte mich noch einen Moment fest, denn ich muss gleich wieder gehen."

Erdan wollte etwas erwidern, aber sie hielt ihm wieder ihren Finger auf die Lippen, und er küsste ihn zärtlich. Ein Schauer nach dem anderen durchfuhr ihn, und seine Knie zitterten leicht.

„Dreimal musst du meine Spur finden, dreimal musst du mir folgen und dreimal sollst du mich an deinem Feuer halten, so wie jetzt."

Ihr zarter Kuss besiegelte die letzten Worte: „Dann werde ich dein sein."

Erdan brauchte fast all seine Kraft, um ihr zu antworten: „Und wenn ich deine Spur in der ganzen Steppe suchen müsste, ich werde dich finden. Ich will dir hundertmal folgen, wenn du es von mir erwartest."

Ein erneuter Kuss ließ ihn innehalten …

Doch dann riss er die Augen auf, als er sah, wie die Wölfin sich schnell von ihm entfernte.

Er wollte sie halten, aber seine Arme waren wie gelähmt. Mattigkeit sprang ihn regelrecht an, und er schlief schlagartig ein.

Als kleine Schneeflocken seinen Wangen berührten, erwachte Erdan. Blitzschnell richtete er sich auf und blickte erschrocken um sich.

Auf der anderen Seite des heruntergebrannten Feuers sah er seinen Vater noch schlafend liegen.

Da kehrten die geheimnisvolle Nacht und das Mädchen in seine Gedanken zurück. Sein Herz krampfte sich zusammen, und ganz leise flüsterte er: „Ardak, meine Liebste, wo bist du?"

Mit einem Ruck warf er das Fell zur Seite und sprang auf.

Er stutzte, denn direkt vor seinen Füßen begann eine Wolfsspur im frischen Schnee, und Erdan folgte ihr mit den Augen, bis sie sich irgendwo im Gras verlor.

„Es war kein Traum!", rief er mit klopfendem Herzen freudig aus. „Sie war wirklich hier, hier bei mir! Sie will, dass ich sie finde!"

„Und, willst du sie finden?", war da plötzlich die verschlafene Stimme seines Vaters zu hören.

„Aber ja, Vater, ich will sie finden. Ja, ich will von ganzem Herzen."

Erdan kniete sich neben seinen Vater hin.

„Vater, du musst die Jagd alleine fortsetzen, ich muss ihrer Spur folgen."

Umit richtete sich auf und umarmte seinen Sohn. „Mein Junge, du weißt alles, was du wissen musst, um sie zu finden. Ich wünsche dir, dass deine Sehnsucht ihre Erfüllung findet. Wir werden auf dich warten, jeden Tag, bis du mit ihr an unser Feuer trittst."

DAS FÜCHSLEIN

Das Wochenende war da. Und wie gewöhnlich wurden schnell ein paar Sachen gepackt, und dann ging es mit Frau und Sohn in den Garten, wo Pauls Mutter und Vater schon warteten.

Pauls Frau musste unbedingt mitkommen, denn sie wurde dort dringend gebraucht. Sie war, wie Pauls Mutter immer sagte, das beste *Unkrautrupf* im Garten.

Der Garten war für Paul seit jeher ein Hort der Familie, wo alles noch so war wie zu seiner Kindheit.

Nach dem gemeinsamen Kaffeetrinken fuhr er mit der Mutter zum nächsten Supermarkt, damit sie ihren Wocheneinkauf erledigen konnte. Mit dem Rad oder zu Fuß einkaufen konnten seine Eltern nicht mehr, und so waren die regelmäßigen Wochenendeinkäufe schon fast zu einem Ritual geworden.

Als sie vom Einkauf wieder zurück waren, wurde rasch alles ausgepackt und dann auf der Veranda bei einer Tasse Kaffee über Gott und die Welt gesprochen.

Pauls Sohn Erik stand unter der großen Lärche und schaute unschlüssig und etwas gelangweilt auf das Treiben der Erwachsenen. Er war zwölf Jahre alt und beteiligte sich nicht so gerne an den Unterhaltungen der Erwachsenen.

Als seine Großmutter anfing, den Tisch für das Abendbrot zu decken, rief er: „Papa, komm mal her!"

Paul ging zu seinem Sohn, der nun mit den Fingern an der Rinde der Lärche herumkratzte.

Paul fragte: „Was ist, hast du keine Lust auf das Abendessen, oder was quält dich?"

„Papa, können wir nicht mal wieder draußen schlafen? Ich meine draußen, da, wo wir schon öfter waren."

„Erik, siehst du nicht, dass Oma gerade den Tisch deckt?"

„Och, Papa, das haben wir hier jeden Tag. Wir können ja den kleinen Kocher mitnehmen und uns da draußen unser Abendbrot machen."

Paul schaute seinen Sohn etwas überrumpelt an, doch dann grinste er, legte Erik einen Arm um die Schulter und flüsterte: „Na los, pack deine Sachen zusammen, ich sag der Oma Bescheid."

Pauls Eltern und seine Frau saßen schon gemütlich beim Essen, da zog er mit Erik los. Sie hatten ihre Schlafsäcke, die Isomatten und einen Rucksack unter den Armen und stapelten alles in Pauls Auto. Eriks Gesicht strahlte in Erwartung des kleinen Abenteuers.

Ohne dass ihr Ziel einen Namen hatte, wussten sie beide genau, wo sie hinwollten. Es war eine Stelle zwischen zwei langen Erdwällen, weit draußen in der Heidelandschaft, im Norden von Berlin.

Sie waren noch nicht weit gefahren und bogen gerade in die Straße ein, die sie ganz aus der Stadt bringen sollte, da bremste Paul den Wagen scharf ab und hielt.

Erik dachte wohl, dass sein Vater einen Scherz machen wollte, und brüllte: „Manno, Papa, soll ich durch die Scheibe fliegen?"

Paul aber sah ihn nur an und sagte: „Komm mit."

Erik hastete hinter dem Vater her und fragte: „Was hast du denn gefunden?", doch dann sah er es selbst.

Paul kniete vor einem toten Fuchs, der am Rande des Fußwegs im Gras lag.

Erik hockte sich neben seinen Vater und machte große Augen, dann flüsterte er: „Der ist aber schön. Schade, dass er tot ist."

Paul stupste das Tier mit der Hand leicht an. Der Fuchs war nicht tot. Er atmete hörbar ein, und ein ganz langes, jämmerliches Stöhnen kam aus seiner kleinen Schnauze, sodass Paul eine Gänsehaut bekam.

„Papa, der lebt ja noch, den hat bestimmt ein Auto angefahren. Was machen wir denn jetzt mit ihm?"

Paul hatte einen Knoten im Hals, als er wieder auf den jungen Fuchs blickte, und musste schlucken. Warum war er so anders als die meisten Menschen? Der sinnlose Tod von angefahrenen Tieren berührte ihn immer wieder sehr.

„Erik, hol mal die kleine Decke aus dem Kofferraum. Wir nehmen ihn mit, und wenn er stirbt, können wir ihn wenigstens in der Natur begraben."

Zusammen legten sie den Fuchs auf die ausgebreitete Decke, und das Füchslein reagierte wieder, aber diesmal mit einem dünnen Fiepen.

Vorsichtig legten sie den kleinen Fuchs in den Kofferraum und fuhren weiter.

Pauls gute Laune war dahin und einer starken Trauer gewichen. Im Gedanken bat er die *Große Mutter*: „Gibt doch den Tieren etwas mehr Gehirn, dass sie die Gefahren, die von den Autos ausgehen, erkennen."

Die letzten Worte hatte er wohl hörbar gemurmelt, denn Erik fragte: „Was? Wen erkennen?"

Paul atmete geräuschvoll aus. „Ach, ich habe gerade an solche Idioten gedacht, wie mein früherer Kollege einer war. In einem Gespräch sagte er einmal, dass er bei so kleinen Viechern beim Fahren *voll draufhält*, weil er ja nicht riskieren wolle, an einem Baum zu landen, wenn er ausweichen würde."

Paul schüttelte den Kopf. „Erik, weißt du noch, wie ich vor ein paar Wochen wegen einer Kröte angehalten habe? Ich hielt und trug sie von der Fahrbahn, und das war überhaupt nicht anstrengend."

Erik nickte. „Ja, ich weiß."

Wut kam in Paul hoch. „Das sind die gleichen Typen, die zum Angeln raus in die Natur fahren, weil es dort so schön ist, und anschließend ihre leeren Bierdosen dort liegen lassen, wo sie saßen. Irgendwie haben die Knoten im Hirn, denn wenn man die vollen Dosen mitnimmt, kann man doch auch die leeren, nun viel leichteren Dosen wieder mit zurücknehmen, oder nicht?"

Erik nickte und meinte: „Ja, die sind wirklich doof."

Sie waren angekommen, und Paul fuhr das Auto auf einen abzweigenden Seitenweg, der aber mit einem Schlagbaum abgesperrt war. Er überlegte laut: „Ob sich wohl jemand dran stört, wenn wir das Auto hier stehen lassen? Auf dem Schild am Schlagbaum stand ‚Durchfahrt verboten‘. Na, wir fahren ja nicht durch, und in der Nacht wird hier wohl auch keiner durchwollen.“

Sie griffen sich ihr Gepäck und gingen zu der Stelle zwischen den großen Erdwällen, wo ihr Ziel war.

Vor langer Zeit musste hier ein kleiner Schießstand gewesen sein, denn zwei etwa sechzig Meter lange Wälle erstreckten sich parallel zueinander über die schöne, mit Holunderbüschen und kleinen Birken durchsetzte Wiesenlandschaft. An einem Ende waren die beiden Wälle durch einen weiteren Wall verbunden, sodass zwischen ihnen ein geschütztes Stück Natur war, das von weit her nicht eingesehen werden konnte. Hier konnten sie getrost ein kleines Lagerfeuer machen, das niemand sah. Nur selten kam hier jemand mit seinem Hund vorbei, der es auf einen langen Spaziergang mit seinem treuen Begleiter abgesehen hatte, aber heute Abend würde ganz sicher niemand mehr ihr kleines Abenteuer stören.

Als sie die Isomatten und die Schlafsäcke ausgebreitet hatten, fragte Erik: „Und jetzt holen wir den kleinen Fuchs?“

Paul brummte: „Genau.“

Der Rückweg mit dem Fuchs war etwas beschwerlich, da sie ja die Decke gemeinsam tragen und dabei aufpassen mussten, dass sie nicht stolperten. So gingen sie schweigend, die Decke vorsichtig haltend, zurück zu ihrem Lagerplatz. Bis auf den Laut ihrer Schritte und das gelegentliche Zirpen einer Grille war nichts zu hören, nicht einmal ein Vogel.

Am Lagerplatz angekommen, legten sie die Decke mit dem Füchslein zwischen ihren Schlafstellen ab. Paul berührte den Fuchs ganz sachte mit einer Hand, und wieder war das klägliche Fiepen zu hören.

„Erik, gehst du bitte noch einmal zum Auto, den Wasserbehälter holen. Ich mache derweil den Kocher an und unser Essen warm.“

Paul lächelte schelmisch, denn er wusste, dass der Wasserkanister für Erik eine ziemliche Last war, aber Erik nickte nur und lief los.

Die Sonne stand knapp über dem Horizont und goss ihr goldenes Licht über die flache Landschaft, als Paul anfing, den kleinen Gaskocher vorzubereiten. Er drehte gerade die Kartusche fest, als in einem alten Holunderbusch ein Amselhahn anfing, sein Abendlied zu singen. Paul hielt inne und blickte sich um. Er spürte für einen Moment, wie seine Seele von dieser wunderschönen Natur, von dieser sanften Abendstimmung, durchrieselt wurde. „Die goldene Stunde", murmelte er.

Im gleichen Augenblick stapfte Erik heran und schnaufte: „Der Kanister ist ja ganz schön schwer." Er stellte ihn mit Schwung und einem lauten „Uff" neben dem Gaskocher ab.

Als Paul anerkennend den Kopf wiegte und sagte: „Hätte nicht gedacht, dass du den so schnell herschaffst", strahlte Erik vor Stolz.

Paul stieß seinen Sohn kurz an. „Gib mal bitte den Deckel vom Kochgeschirr rüber."

Paul goss etwas Wasser in den Deckel und sah Erik herausfordernd an. „Halte das einmal dem Fuchs unter die Nase. Vielleicht will er ja leben und trinkt."

Erik guckte erst etwas ungläubig, doch dann schob er den Deckel ganz vorsichtig vor die Nase des Füchsleins.

Beide schauten erwartungsvoll, aber der Fuchs reagierte nicht; da rückte Paul näher und tröpfelte ihm mit den Fingern Wasser auf die Schnauze.

Als er schon den Kopf schüttelte und aufgeben wollte, zeigte der Fuchs doch eine Reaktion. Die Zunge kam kurz aus seinem Maul und leckte die Wassertropfen weg. Ein Lächeln ging über ihre Gesichter, und Paul tröpfelte weiter Wasser auf die kleine Schnauze.

Da griff Erik nach dem Deckel und schob ihn vorsichtig direkt unter die Fuchsschnauze. Er positionierte ihn so, dass die Spitze der Schnauze im Wasser zu liegen kam.

Es war wie ein kleines Wunder: Der Fuchs öffnete kurz die Augen und schlabberte dreimal mit der Zunge nach dem Wasser. Dann stöhnte er leise und lag wieder da wie tot.

Paul bereitete das Essen zu, Erbsensuppe aus der Dose. Mit dem kleinen Kartuschenkocher ging das schnell, und ein paar Minuten später löffelten sie ihr Abendessen.

„Zum Nachtisch habe ich hier noch trockene Apfelringe, magst du?" Paul zog die Tüte mit dem Trockenobst aus dem Rucksack und hielt sie Erik hin.

„Hm, na klar mag ich die. Ich könnte die ganze Tüte leeressen. Papa, willst du auch noch welche davon abhaben?", fragte Erik spitzbübisch.

Paul hielt die Hand auf, und Erik schüttelte ihm ein paar Apfelringe hinein.

Kurze Zeit später gab es einen heißen Tee, und sie redeten noch eine ganze Weile über alles, was ihnen gerade in den Sinn kam.

Weil in diesem Gelände außerhalb der Wälle auch kleine Rinder, Galloways, frei herumliefen, fragte Erik: „Papa, sag mal, ob die hier nachts auch herkommen und an uns herumknabbern wollen?"

Paul grinste. „Quatsch, die fressen doch nur Gras und haben bestimmt nicht das Bedürfnis, dich abzulecken. Aber morgen früh suchen wir uns eine Kuh und melken uns etwas Milch zum Frühstück."

„Papa, du machst nur Spaß. So zahm, dass sie sich melken lassen, sind die hier bestimmt nicht. Aber ein paar schöne Fotos können wir von ihnen machen."

Paul hörte kaum noch zu, denn er war plötzlich unheimlich müde, und kroch tiefer in seinen Schlafsack. Zu Erik brummelte er noch kurz „Gute Nacht" und schlief auch sofort ein.

Paul wachte plötzlich mit starkem Herzklopfen auf; da war ein merkwürdiger Traum. Er setzte sich auf und lauschte. Um sie herum war Nacht und eine Stille, die ihn fast erdrückte. Nicht ein Laut, nicht einmal das Rauschen des Windes im Holunderbusch war zu hören – nichts.

Paul schaute sich um; der Mond beschien alles mit seinem kalten Licht, und im nahen Umkreis war jedes Detail deutlich zu erkennen. Erik steckte so tief in seinem Schlafsack, dass er nicht mehr zu sehen war.

Alles war in Ordnung, und Paul versuchte, die letzten Bilder seines Traumes vor seinen Augen neu entstehen zu lassen; die alte Frau, die langsam auf ihn zukam. Alte Frau? Merkwürdig, als sie sich über ihn beugte, war ihr Gesicht gar nicht mehr alt, oder doch? Jetzt schüttelte er den Kopf; so etwas gibt es doch nicht, entweder ist sie alt oder jung, doch sie war beides, alt und jung. Paul bemühte sich, das Bild in seinem Kopf deutlicher werden zu lassen, um diesen Widerspruch zu lösen, aber es gelang ihm nicht. Statt dass die Bilder im Kopf klarer wurden, spürte er plötzlich eine warme Welle, die durch seinen Körper ging. Als sein Blick den kleinen Fuchs an seiner Seite streifte, stutzte er. Ganz deutlich war es im hellen Mondlicht zu sehen: Der Fuchs blickte ihn mit weit geöffneten Augen an.

Paul schob den Traum beiseite und beugte sich hinunter zum Füchslein. Ganz behutsam legte er seine Hand auf das Fell und spürte das zarte Herzklopfen und die schwachen Atemzüge.

„Na, ich werde dir noch einmal Wasser geben. Du hast bestimmt Durst, du kleiner Pechvogel", murmelte Paul und reckte sich nach dem Deckel des Kochgeschirrs und dem Wasserkanister.

„Papa, was machst du?", meldete sich plötzlich Erik. Er drehte sich um, und Paul merkte, dass seine Stimme überhaupt nicht verschlafen klang.

„Hast du nicht geschlafen?", fragte er.

„Hm, nicht so richtig. Hab durch mein Luftloch ganz lange die Sterne beobachtet, und ich habe auch den Fuchs beobachtet. Der hat schon den Kopf bewegt und hatte die ganze Zeit die Augen offen, und er hat dich ständig angesehen."

„Ja, das habe ich auch gerade bemerkt und mir gedacht, dass ich ihm noch einmal Wasser geben könnte." Paul ließ einen kleinen Schluck Wasser in den Deckel plätschern.

Erik richtete sich ganz auf und schaute zu.

Als Paul den Deckel wieder unter die Fuchsschnauze schieben wollte, hob das Tier von ganz allein den Kopf und schlabberte mit seiner Zunge etwas Wasser.

„Das ist ja toll, vielleicht hast du ja doch eine Chance und überlebst", flüsterte Paul.

„Nehmen wir den Fuchs dann mit nach Hause?", fragte Erik.

Er beugte sich weiter vor. „Papa, ob man den wie einen Hund abrichten kann?"

„Söhnchen, das geht nicht. Wenn er wirklich morgen früh wieder aufstehen kann, dann lassen wir ihn laufen. Füchse sind anders als Hunde, die sind meistens Einzelgänger. Aber dein Gedanke könnte mir auch gefallen."

Er machte eine Pause und stellte den Deckel wieder weg. Als er abermals in die großen Fuchsaugen schaute, lief wieder eine warme Welle durch seinen Körper. Paul schüttelte den Kopf und zog sich in seinen Schlafsack zurück.

„Erik, lass uns noch eine Runde schlafen", sagte er und schaute dabei auf seine Uhr. „Die Nacht ist ja erst zur Hälfte um. Morgen sehen wir weiter." Er zog sich tief in die Wärme seines Schlafsackes zurück und versuchte sofort, die letzten Bilder aus dem Traum zurückzuholen. Erneut spürte er die warme Welle, die ihn ganz sacht in den Schlaf trug.

Paul war es, als sei nur ein kurzer Moment vergangen, als er wieder aufwachte und sah, dass ein kleines Feuer brannte. Er hob den Kopf und wollte Erik fragen, warum er mitten in der Nacht ein Feuer gemacht hatte, aber das Wort blieb ihm im Halse stecken. Am Feuer saß nicht Erik, sondern die Frau aus seinem Traum.

Ungläubig riss er die Augen auf und richtete sich ganz langsam auf, so als wollte er unbemerkt bleiben, aber die Frau bemerkte ihn doch und ihr Kopf wandte sich ihm zu. Wieder konnte er nicht erkennen, ob sie jung oder alt war. Irgendwie irritierte ihn das Flackern des Feuers, und so saß er da, kaum einer Bewegung fähig, und starrte sie nur an.

Ganz warm klang ihre Stimme, als sie sagte: „Komm, setze dich zu mir."

Ihre Worte und ihre Stimme lösten wieder diese warme Welle aus. Er schaute zu Erik hinüber, aber der schlief tief in seinen Schlafsack.

„Komm schon, hab keine Angst, alles ist gut, und dein Sohn schläft tief und fest", sagte sie mit sanfter Stimme.

„Setze dich zu mir", wiederholte sie, und Paul kroch langsam aus dem Schlafsack. Ein Gedanke bohrte in ihm, nämlich endlich herauszufinden, ob sie alt oder jung war. Trotz dieser merkwürdigen Situation spürte er eine tiefe innere Ruhe, aber auch eine noch größere Anziehungskraft.

Einen Augenblick später saß er ihr am Feuer gegenüber und versuchte das Geheimnis ihres Gesichtes zu lüften.

Sie lächelte ihn an, und es war das Lächeln seiner Mutter, offen und gütig.

Paul starrte und musste dabei wohl sehr eigenartig ausgesehen haben, denn ihr Lächeln wurde um einen Deut breiter und sie flüsterte: „Bist du befriedigt? Ich weiß genau, was du denkst oder was du wissen möchtest, aber nimm es einfach so, wie es ist."

Paul schluckte. Nun saß er ihr so nahe, der geheimnisvollen Frau aus seinem Traum, schaute ihr ins Gesicht und konnte ihr Alter immer noch nicht abschätzen. Je nachdem, wie seine Gedanken sich bewegten, ob sie sich der einen oder der anderen Möglichkeit zuwandten, war ihr Gesicht einmal jünger, einmal älter. Nur die Güte, die aus ihren Augen sprach, blieb unverändert.

Wie aus einem Nebel kommend, formte sich langsam ein Gedanke in seinem Kopf, und sein Blick wurde starr, als er diesen Gedanken endlich zuließ. Sie war …

„Ja, genau die bin ich", kam es aus ihrem Mund. „Du hast mich vorhin die ‚Große Mutter' genannt, und wenn du es willst, dann werde ich sie für dich sein."

Paul schluckte. „Kannst du meine Gedanken lesen?"

„Nicht nur das, auch deine Gefühle kann ich spüren und deine tiefe Liebe zu den Kreaturen. Ich danke dir dafür, dass du es dem kleinen Kerl leichter gemacht hast, zu mir zu finden."

Als ihr Blick zu ihrem Schoß ging, durchfuhr es Paul wie ein Blitz. Auf ihrem Schoß lag das kleine Füchslein zusammengerollt, und ihre Hand lag wie beschützend auf seinem Rücken.

Paul wollte dieses Bild aufsaugen, für immer festhalten, und er hauchte ganz leise: „Danke, Mutter."

Morgenkühle berührte Pauls Gesicht, und er schob ganz langsam den Kopf aus dem Schlafsack. Etwas verwirrt blickte er um sich. Erik schien noch fest zu schlafen, aber die Decke, auf der das Füchslein gelegen hatte, war leer.

Paul kroch aus seinem Schlafsack und schaute sich suchend um, ob der kleine Fuchs vielleicht irgendwo noch zu sehen war. Das morgendliche Vogelgezwitscher holte ihn aus seiner intensiven Suche zurück. Der Fuchs war weg, und Paul schüttelte den Kopf. „War das ein Traum oder ein merkwürdiges Wunder, das Füchslein im Schoß der Großen Mutter, ihre Worte … ", und er schüttelte wieder den Kopf.

„Der Fuchs ist weg!"

Paul drehte sich zu Erik um, der aufgeregt die Gegend mit den Augen absuchte.

„Los, wir machen uns schnell frisch, und dann muss ich dir meinen Traum erzählen, der war wirklich sehr merkwürdig!" Paul griff nach dem Wasserbehälter.

Als wenig später der Tee in ihren Bechern dampfte, begann Paul seinen Traum zu erzählen.

„Gibt es die wirklich, die Große Mutter", fragte Erik, „oder erzählst du mir jetzt ein Märchen?"

Paul kratzte sich am Kopf. „Ich weiß nicht, wie ich das beantworten soll, aber die Große Mutter ist ganz einfach die Natur, alles um uns herum. Vielleicht kann man nicht alles mit dem Verstand erfassen, aber dieser Traum war schon merkwürdig. Sie war real, und es war auch so schön, dass sie den Fuchs auf ihrem Schoß hatte. Ich habe nie an Götter geglaubt, aber hier ist das anders, ich … Ich möchte es gerne so glauben, wie ich es geträumt habe."

Als sie sich wenig später auf den Heimweg machten, liefen ihnen an einer Stelle, wo der Pfad von dichten Büschen gesäumt war, kleine Wachteln über den Weg, und Erik blieb erschrocken stehen. „Ui, die hab ich ja hier noch nie gesehen."

„Ich auch nicht", erwiderte Paul und nahm Erik in die Arme. „Weißt du noch, wie du damals den kleinen Vogel hier gefunden hast? Immer wieder haben wir hier irgendetwas Wunderschönes entdeckt. Für mich gibt es nichts Schöneres als diese Wiesen hier."

DIE STERNE BEWEGEN SICH

Es waren die letzten Augusttage, und der Sommer neigte sich seinem Ende zu.

Wie so oft, war die ganze Großfamilie in ihrem Refugium, im Garten, und genoss den schönen Spätsommerabend.

Der Abendbrottisch war abgeräumt, und nur wenig später klatschten die Spielkarten auf den Tisch. Pauls Sohn, Erik, spielte jedoch nicht konzentriert, und Paul merkte, dass ihm etwas auf der Seele lag.Er sah seinen Sohn fragend an. „Was ist? Du willst doch etwas loswerden, oder nicht?"

Erik lachte breit und nickte. „Ja, will ich. Das Wetter ist doch jetzt noch so schön. Können wir da nicht noch einmal eine Nacht draußen schlafen, ich meine dahinten auf den Wiesen, wo die Bullen rumlaufen?"

Die Großmutter schaltete sich sofort ein: „Was denn jetzt, heute noch? Kinder, es wird doch nachts schon ganz schön kalt."

„Ach Oma, wir haben doch gute Schlafsäcke, die haben doch sogar in Schweden ausgereicht, wo morgens schon manchmal Eis auf der Waschschüssel war", erwiderte Erik.

Paul zwinkerte verschwörerisch und nickte. „Stimmt. Na, dann packen wir nach diesem Spiel unsere Schlafsäcke und fahren mit dem Rad raus, oder nicht?"

Erik schaute befriedigt in die Runde. „Ja, toll."

Eine halbe Stunde später waren sie am Ziel, ihrem Lieblingsplatz, angelangt. Ringsum standen große Holunderbüsche und ein paar wunderschöne Birken. Der Platz war durch zwei parallele Erdwälle begrenzt und windgeschützt.

Paul und Erik stiegen auf einen der Erdwälle und hielten nach den zottigen Rindern Ausschau, die hier auf den angrenzenden Wiesen weideten.

Erik stieß seinen Vater an. „Da sind sie!" Er deutete auf die kleine Herde von Zottelkühen, die, etwa 100 Meter entfernt, hinter Büschen stand.

„Papa, warum sind sie ständig hier? Das sind doch gar keine Milchkühe, wie sie sonst auf anderen Weiden stehen."

Paul strich Erik über den Kopf und zuckte die Schultern. „Erik, ich weiß es nicht genau. Ich vermute aber, dass es irgendwie mit dem Naturschutzgebiet zu tun hat. Diese Schottischen Hochlandrinder sind ja ziemlich robust und sollen wohl die Wiesen hier vor der Verbuschung bewahren, damit das Land so schön bleibt, wie es ist. Aber ich finde es auch gut, dass sie hier wie wilde Tiere herumlaufen können, das passt gut zu diesem Naturschutzgebiet."

Wenig später rollte er seine Isomatte aus und zeigte Erik eine Stelle, die ihm für ihr Nachtlager gut geeignet schien.

„Erik, beeile dich, wir müssen für unser Feuerchen noch etwas Brennholz sammeln."

Erik nickte, strich den ausgerollten Schlafsack glatt und sprang rasch zu seinem Fahrrad. Er suchte kurz in der Gepäcktasche und hielt dann seinem Vater stolz zwei Äpfel und zwei Knackwürste entgegen. „Hier, ich hab was mitgenommen, damit wir am Feuer noch etwas zum Essen haben."

Paul staunte und machte anerkennend große Augen, dann ging er zu seinem Fahrrad und griff in die Gepäcktasche. Lachend hielt er Erik zwei Äpfel und zwei Bockwürste hin.

„Erik, ich bin stolz auf dich. Dass du in dieser Situation so gedacht hast wie ich, das finde ich wirklich toll." Er nahm seinen Sohn kurz in die Arme.

Als wenig später die Sonne hinter dem Horizont verschwunden war, entzündete Paul ihr Lagerfeuer. Er wusste, hier konnte man ungestraft ein Feuerchen machen, denn die beiden Wälle waren auch ein guter Sichtschutz, sodass niemand ihr Feuer sehen würde. Er hatte bestimmt schon hundertmal ein Lagerfeuer entfacht, aber immer noch durchfuhr ihn dabei ein kleines

Glücksgefühl. Die Dämmerung, der Abendgesang der Vögel, sein Sohn neben ihm und das Knistern der Flammen, das war für ihn Glück, wunderbares Glück, wie er es liebte.

Durch ihren Spätimbiss mit Würsten und Äpfeln merkten sie nicht, wie schnell die Zeit verging, und schauten überrascht auf, als ihnen bewusst wurde, dass es schon tiefe Nacht war.

Die Sterne funkelten hell und klar.

Als dann das Feuer erloschen war und sie schon in den Schlafsäcken lagen, lauschten sie noch eine Weile den Stimmen der Nacht und schauten in einen Sternenhimmel, der sich selten in solcher Pracht zeigte.

Paul erklärte Erik die wenigen Sternbilder, die er kannte und die jetzt gerade zu sehen waren.

Er zupfte an Eriks Schlafsack und deutete auf den Großen Wagen. „Sieh mal, wenn man das Ende des Großen Wagens um das Fünffache verlängert, erreicht man den Polarstern. Erik, der Polarstern ist der Deichselstern des Kleinen Wagens, und er steht immer genau im Norden."

„Immer im Norden? Das ist ja dann wie so eine Art Kompass", kommentierte er Pauls Erklärung.

„Ja genau, und seit Jahrtausenden nutzen das die Menschen auch so", dann gähnte er ausgiebig und stöhnte: „Aber ich werde langsam müde. Gute Nacht." Paul rollte sich mit seinem Schlafsack auf die Seite.

Es war einige Zeit vergangen, da erwachte Paul von Eriks Rufen.

„Papa, Papa!"

Paul wischte sich die Augen und schaute zu Erik hinüber. Im hellen Sternenlicht war gut zu erkennen, dass Erik sich hoch aufgerichtet hatte.

In dieser tiefen Stille hörte Paul sogar, wie Erik aufgeregt atmete.

„Papa, schau mal, die Sterne bewegen sich!" Er richtete sich noch weiter auf. „Sieh mal, wo der Große Wagen jetzt steht. Vorhin stand er genau über diesem großen Holunderbusch, und jetzt ist er viel weiter weg."

Paul nickte bestätigend und lächelte still. „Erik, ja, das ist so. Das weiß ich. Toll, dass du das entdeckt hast."

So saßen sie einen langen Moment und betrachteten das Sternengefunkel, bis Erik murmelte: „Jetzt bin ich auch müde."

Er rutschte tief in seinen Schlafsack hinein, und es war Stille.

Auch Paul nahm wieder seine Schlafposition ein, und plötzlich durchströmte ihn ein tiefes, starkes Glücksgefühl. Ihm war bewusst geworden, dass er gerade erlebt hatte, wie sein Sohn die Welt, zumindest einen Teil davon, entdeckt hatte. Es machte ihn glücklich, mit Eriks Augen den Sternenhimmel neu entdeckt zu haben.

Rings um sie herum waren dicker Nebel und wattige Stille, als Paul erwachte. Er schaute zu Erik hinüber und sah, dass auch er wach war und aufmerksam in die unwirklich und geheimnisvoll anmutende Nebellandschaft blickte.

„Guten Morgen, Söhnchen", flüsterte Paul, und Erik nickte nur. Er zeigte auf den nicht weit entfernten Bahndamm, der ebenfalls in dichten Nebel eingehüllt war.

„Was ist da schon zu sehen?", dachte Paul kurz, aber dann hörte er es, ein leises Rauschen, das sich näherte.

Eriks feines Gehör hatte dieses Geräusch ganz sicher schon viel früher vernommen.

Dann bot sich ein wirklich eigenartiges, ja fast unheimliches Bild. Ein Regionalzug kam angefahren. Der Wall mit den Schienen war exakt durch den Nebel verdeckt, und als der Zug in Sichtweite kam, war merkwürdigerweise genau über dem Zug auch so dichter Nebel, dass es schien, als führe er direkt durch die Wolken.

Eriks Ausruf bezeichnete das seltsame Bild treffend: „Papa, sieh mal, ein Geisterzug!"

WOHER KOMMEN
DIE HUNDE?

An einem wunderschönen Samstagnachmittag ging Paul mit seinen Enkeln Tristan und Ronja spazieren. Sein Ziel war eine Eisdiele, von der er wusste, dass man dort gemütlich sitzen konnte und dass das Eis dort auch schmeckte.

Paul lächelte vor sich hin. „Damit kann man ihnen immer eine große Freude machen", ging es ihm durch den Kopf.

Dann blieb er stehen. *Wo sind sie denn hin?*, fragte er sich und schaute sich suchend um.

Enkelinchen Ronja hatte wohl soeben den Hüpfschritt erfunden; strahlend kam sie ihm entgegengehüpft.

Tristan fühlte sich dadurch offenbar provoziert und musste zeigen, dass er den Hüpfschritt viel besser und schneller konnte. Mit riesigen Sprüngen überholte er sein Schwesterchen, und kaum dass er an ihr vorbei war, lag er auch schon auf der Nase. Sein Gesicht verzog sich, nicht etwa vor Schmerz, nein vor Enttäuschung, das Wetthüpfen verloren zu haben. Seine Augenbrauen zogen sich zusammen, aber dann schaute er doch auf sein geschundenes Knie. Er hinkte zu seinem Großvater und brummte wütend: „Ich war aber viel schneller."

Ronja war nach ihrem Hüpfschrittmarathon außer Atem, aber sie lachte über das ganze Gesicht, und Tristan runzelte erneut die Augenbrauen.

Paul untersuchte das verletzte Knie und streichelte Tristan über den Kopf. Er pustete etwas länger auf das verletzte Knie und sagte: „So, jetzt ist es gut. Gleich wird es aufhören zu schmerzen, und wir können endlich ein Eis essen. Gleich hier um die Ecke ist der Eisladen."

Die beiden *Zwerge* strahlten, und wie auf Verabredung griffen sie nach seiner Hand.

Ronja bestellte zwei Eiskugeln, Tristan drei. Er wollte eine Kugel mehr, weil er ja ein verletztes Knie hatte.

Paul grinste und fragte ihn: „Willst du denn die dritte Kugel auf dein Knie legen, damit es kühlt?"

Tristan sah ihn frech an und nickte heftig, dann nahm er einen Löffel voll von dem Eis, hob das Knie an und patschte ihn sich wirklich auf das verletzte Knie. Mit einem Siegerlächeln sagte er triumphierend: „Siehst du, Opa, jetzt tut es nicht mehr weh."

Paul wollte im ersten Moment Strenge üben, aber dann lachte er über Tristans gelungenen Scherz und fragte: „Kannst du das jetzt auch wieder sauberlecken?"

Nachdem Tristan sein Knie mit der Zunge gesäubert hatte, wollte Paul aufbrechen und erhob sich. Da fragte Tristan mit ganz ernstem Gesicht: „Opa, sag mal, woher kommen die Hunde? Wo die Löwen herkommen und die Elefanten, das weiß ich. Wir haben in der Schule darüber gesprochen, wo die vielen Tiere herkommen, und die Lehrerin hat uns von Afrika erzählt. Da war eine große Karte an der Wand, und sie hat uns gezeigt, wo die vielen Tiere leben, die wir im Tierpark gesehen haben. Aber sie hat uns nicht gesagt, woher die Hunde kommen."

Als Paul sich kurz umblickte, wusste er sofort, wie Tristan auf die Frage gekommen war. Am Nebentisch saß ein älteres Ehepaar mit einem Zwergpinscher.

Tristan fixierte den kleinen Hund ernst und hakte nach: „Opa, sag, kommen die auch aus Afrika?"

Paul schaute nachdenklich in die Luft und kratzte sich am Kinn. „Tristan, da hast du aber eine schwierige Frage gestellt."

„Opa, weißt du das etwa nicht?"

Paul sah Tristan lächelnd tief in die Augen. „Doch, Tristan, ich weiß es, aber das ist wirklich eine sehr, sehr lange Geschichte. Komm, wir gehen weiter, und auf dem Weg erzähle ich dir, woher die Hunde kommen."

Bevor sie aufbrechen konnten, musste Paul der kleinen Ronja erst einmal Gesicht und Finger abwischen. Sie hatte den Rehpinscher mit Waffelstückchen gefüttert und sich dabei ausgiebig mit dem Eis beschmiert.

Als sie einige Zeit unterwegs waren, bohrte Tristan nach: „Opa, musst du jetzt so lange überlegen?"

Paul nickte und begann: „Vor ganz, ganz langer Zeit, als es noch keine Häuser gab, lebten die Menschen noch in Zelten und hatten auch nicht so schicke Sachen an wie wir jetzt. Sie machten damals alles aus Tierfellen, ihre Kleidung und ihre Zelte. Damit sie genügend davon hatten und weil sie ja auch essen mussten, gingen sie sehr oft auf die Jagd. Sie benutzten dabei Speere und Flitzbogen, so wie du einen hast."

Während Ronja um sie herumhüpfte, griff Tristan ganz fest nach seiner Hand. „Und die haben dann die Tiere totgeschossen?"

„Ja, Tristan. Das mussten sie ja, denn sie wollten doch nicht verhungern. Zu dieser Zeit hatten sie noch keine Felder mit Getreide und auch noch kein Brot.

Aber hör weiter zu. Wenn die Menschen ein großes Tier erlegt hatten, wie zum Beispiel einen riesigen Wisent – das ist ein sehr großer Büffel –, dann konnten ihn die zwei oder drei Jäger nicht einfach so nach Hause tragen. Sie nahmen sich also die besten Stücke vom Fleisch und schleppten sie auf dem Rücken zurück zum Lager, zu ihren Zelten.

Die Menschen wurden aber im Wald auch von anderen Tieren beobachtet, nämlich von den Wölfen. Die Wölfe sind sehr kluge Tiere. Sie wussten ganz genau, dass die Menschen erst am nächsten Tag wieder zu dem erlegten Wisent zurückkommen würden, und nutzten die Gelegenheit, sich den Bauch mit dem erlegten Wild vollzuschlagen.

Umgekehrt machten es die Menschen allerdings ebenso. Sie hörten die Wölfe heulen und erkannten auch am Geheul, wenn die Wölfe große Beute gemacht hatten.

Wenn die Menschen so etwas ahnten, gingen sofort einige von ihnen los und suchten den Wald danach ab und folgten dem Wolfsgeheul. Genau wie die Wölfe, nahmen auch sie sich einen Teil der Beute.

So ergab es sich, dass zu dieser Zeit Menschen und Wölfe einander beobachteten, sich gegenseitig als Jäger schätzten, und die Menschen die Wölfe verehrten."

„Sind die Wölfe denn nicht böse und fressen Menschen?",
fragte Tristan ungläubig. „Im Märchen hat doch der böse Wolf
die Großmutter vom Rotkäppchen gefressen."

„Tristan, das sind Märchen, und die entstanden erst viel später. Der Wolf wurden erst vom Menschen zum ‚bösen Wolf' gemacht, als die Menschen schon Schafherden hatten und die Wölfe sich manchmal eines davon holten. Sie wussten ja nicht, dass
diese Schafe den Menschen gehörten.

Aber ich will dir ja noch weitererzählen, wie das mit den
Hunden kam.

Hör zu. Also damals, vor ganz langer Zeit, bestand fast so etwas wie eine Freundschaft zwischen Menschen und Wölfen, weil
sehr oft einer vom anderen Nutzen hatte.

Und irgendwann ergab sich so ein Zufall, dass ein Mensch
einen kleinen, jungen Wolf fand. Er nahm ihn mit, fütterte ihn,
und der kleine Wolf wurde zahm. Genau weiß keiner, wie das
wirklich war, aber irgendwann hatten die Menschen mehrere
zahme Wölfe, die sich ihnen anschlossen.

Die Wölfe leben ja in Rudeln, und die sind so wie die Familien der Menschen. So ein kleiner Wolf, der von Menschen auf-
gezogen wurde, sah diese Menschen dann als seine Familie an.
Sie konnten also in guter Harmonie miteinander leben. Über
tausende Jahre begleiteten also jetzt die zahmen Wölfe die Menschen. Die Wölfe hatten natürlich auch Nachwuchs und wurden
dabei immer zahmer. Mit der Zeit und durch die Freundschaft
mit den Menschen nahmen sie Eigenschaften an, wie sie unsere
Hunde heute haben. Sie begannen, sich den Menschen völlig un-
terzuordnen, und wenn sie Welpen bekamen, waren irgendwann
auch einmal Welpen dabei, die etwas anders aussahen als üblich."

„Opa, aber schau mal, der Hund vorhin bei dem Eisladen,
der sah doch gar nicht aus wie ein Wolf."

„Das stimmt, Tristan, aber ich sagte ja, dass manchmal unter den Wolfswelpen auch solche waren, die etwas anders aussahen. Die Menschen versuchten, diese kleinen Unterschiede
durch gezielte Züchtungen noch zu vergrößern, und so kam es
dann, dass aus den zahmen Wölfen bald Tiere wurden, die an-

ders aussahen als ihre Vorfahren. Über viele, viele Jahre nutzten die Menschen die kleinen Unterschiede aus und züchteten auf diese Weise ganz bewusst unterschiedlich aussehende Hunde. So entstanden über die lange Zeit von tausenden Jahren aus den Wölfen die vielen Hunderassen."

GRUSELMONDNACHT

Frühsommer, Ende Mai. Mit ein paar Lehrlingsfreunden waren wir über das Wochenende zu den Ferienhäusern der Berufsschule gefahren. Wenn so eine Handvoll Lehrlinge übers Wochenende zusammen in Bungalows wohnt, ist wirklich was los. Sogar ein ganzes Fass Bier haben wir schon einmal geleert. Au Backe, das war lustig.

Einer der Jungs lag am nächsten Morgen noch unter dem Fahnenmast mit zwei Bierkrügen in der Hand und schlief; aber zu bunt trieben wir es nie, sodass wir auch nie Ärger bekamen.

Nur ich hatte gerade großen Ärger, Streit mit meiner Jugendliebe Brigittchen.

Unser Streit war so heftig, dass ich nicht mehr wusste, was ich machen sollte, und so ließ ich sie einfach stehen.Hängenden Kopfes, wütend und traurig zugleich, stapfte ich los; einfach raus, in die Nacht.

Ich wollte nur noch weg und meine Ruhe haben. Vielleicht würde mir ja etwas einfallen, was die Wogen wieder glättete, damit ich wieder zu Brigittchen ins Bett schlüpfen könnte.

Mein Weg führte die Hügel hinab zum nahe gelegenen See. Ich lief abwärts in einer tiefen, von vielen Gewitterregen ausgewaschenen Rinne. Sie führte steil nach unten, und ich kam gelegentlich ins Stolpern, obwohl der Vollmond hell schien und die Umgebung in ein kaltes Licht tauchte.

Diese Rinne war unglaublich tief, wahrscheinlich war sie über viele Jahre entstanden. Große, freigespülte Steine auf Schritt und Tritt, es wurde zu einem richtigen Hindernislauf.

Irgendwann erreichte ich endlich den Weg, der hier parallel zum See verlief. Zwischen dem Seeufer und dem Weg stand ein junger Erlenwald oder eher ein Moor mit Erlen. Vom Mondlicht beschienen sahen sie gespenstisch aus, und zwischen den dünnen Stämmen flimmerten tausende kleine Wellen.

Meine trübe Stimmung war noch immer nicht verflogen, und so stapfte ich weiter. Plötzlich kam mir Goethes *Erlkönig* in den Sinn:

> *„Ich liebe dich, mich reizt deine schöne Gestalt;*
> *und bist du nicht willig, so brauch ich Gewalt."*
> *Mein Vater, mein Vater, jetzt fasst er mich an!*
> *Erlkönig hat mir ein Leid angetan!*

Die Schule, wo wir die Klassiker herbeten mussten, war ja noch nicht so lange her, und die Erlensumpfkulisse passte genau zu diesem Gedicht, auch die Geräusche.

Nachts sollte es doch still sein, aber aus dem Moor drang ein wahres Konzert von Stimmen, die sich alle gegenseitig übertreffen wollten. Frösche quakten durcheinander, dazwischen die dumpfen Rufe der Unken. Es klang richtig unheimlich aus dem Sumpfdickicht.

Langsam und gespenstisch zogen dicke Nebelschwaden vom See herüber, und Wolken, die wie groteske Gestalten aussahen, verdeckten immer wieder den hellen Mond, sodass eine Atmosphäre wie in einem alten Schwarz-Weiß-Gruselfilm herrschte.

Dann blieb ich abrupt stehen. In der Ferne sah ich auf dem Weg etwas sehr Merkwürdiges, doch Nebelschwaden und plötzlich den Mond verdeckende Wolken verbargen, was dort lag. Was war das?

Ich riss die Augen weit auf.

Lag da ein Mensch, quer über den Weg?

Ein kleiner Lichtblick, die Wolken waren vorbei, und ich sah ganz deutlich, dass da ein Mensch auf der Seite lag, den Kopf auf eine Hand gestützt, und genau in meine Richtung blickte.

Mein Atem ging stoßweise, meine Nackenhaare stellten sich auf.

Warum lag dort jemand auf dem Weg, und warum beobachtete er mich?

Einen Augenblick später verdeckte wieder eine dicke Wolke den Mond, und alles wurde undeutlich, schemenhaft.

Die Wolke verschwand. Die Person schien genau in meine Richtung zu blicken.

Mir wurde es unheimlich, und ich hielt an. Ich wollte warten, bis der Mond wieder alles erleuchtete.

Wie um meine Anspannung zu erhöhen, zogen die Wolken aber nur ganz langsam weiter, und auf meinem Rücken begann es zu kribbeln.

Langsam, fast schleichend, ging ich ein paar Schritte. Die Wolken waren verschwunden, und der Mond strahlte hell.

Ich hatte das Gefühl, als stünden mir die Haare zu Berge: Ja, da lag ein Mensch quer über den Weg, und es war deutlich zu sehen, dass er sein Gesicht mir zugewandt hatte.

Da fiel mir das grimmsche Märchen *Von einem, der auszog, das Fürchten zu lernen* ein, und es gruselte mich wirklich, denn die Person sah noch dazu sehr merkwürdig aus. Der da lag, hatte einen Turban auf dem Kopf.

Ich spürte Gänsehaut und Kribbeln im Nacken. *Einen Turban? Wer trug denn bei uns schon einen Turban?*

Meine Gedanken überschlugen sich auf der Suche nach dem Grund, warum da einer nachts auf der Straße lag und auf mich zu warten schien.

Forschend sah ich mich um und griff mir ein junges Stämmchen, das am Wegesrand lag. *Sicher ist sicher*, dachte ich und fasste den Knüppel fester. Schaurige Unkenrufe im Ohr, rechts neben mir wallende Nebel über dem Sumpf und den Blick fest auf die reglose Gestalt gerichtet, ging ich zögernd näher.

Noch einmal verdeckte eine dicke Wolke die lauernde Gestalt, und ich blieb kurz stehen.

Als die Wolke fast am Mond vorbei war, machte ich wieder einen Schritt. Die innere Spannung zerriss mich fast, und diese schauderhafte Stimmung verursachte mir Gänsehaut. Ich hob den Knüppel etwas an und machte die nächsten Schritte.

Dann war die Wolke fort, und der Mond strahlte auf einen großen, dreieckigen Findling, der quer über den Weg lag.

Mit einem Schlag waren die Angst und der Ärger wegen Brigittchen weg. Ich ließ den Knüppel fallen und wollte lachen.

Das helle Mondlicht beschien den Stein seitlich von oben, sodass die Bruchkanten und Unebenheiten mit ihren Schatten mir ein Gesicht mit Turban vorgegaukelt hatten.

Belustigt und auch erleichtert kniete ich vor diesem *Gespenst* nieder und tastete mit den Fingern die Konturen des vermeintlichen Gesichtes ab.

BURK, DER NEANDERTALER

Gerd blieb stehen. Er ließ den Blick über die abgeernteten Äcker schweifen, die mit faust- bis fußballgroßen Kalksteinen besät schienen. Er wischte sich den Schweiß vom Gesicht und suchte den Himmel ab: Nicht ein einziges kleines Wölkchen war zu sehen, und die Sonne brannte erbarmungslos. Kopfschüttelnd murmelte er: „Das ist doch kein Septemberwetter. Sandro, du tust mir leid, musst mit so einem dicken Pelz rumlaufen. Fuß!"

Sandro, ein Kaukasischer Schäferhund, blieb zwar stehen und wandte ihm den Kopf zu, aber dann trottete er einfach weiter den Feldweg entlang, so als ob der Befehl ihn nichts anginge. Die Hitze machte auch ihm zu schaffen. Plötzlich jedoch machte er kehrt und rannte wie ein geölter Blitz auf Gerd zu.

Gerd lächelte, aber als sein Begleiter sich ängstlich an seine Beine drückte und leise zu winseln anfing, waren seine Sinne schlagartig wach.

Der Hund witterte irgendeine Gefahr, und Gerd sah sich aufmerksam um. So sehr er seine Augen auch anstrengte, er konnte nichts Bedrohliches entdecken.

Sandro drückte sich aber immer noch fest an seine Beine, und dann spürte es Gerd: Unter seinen Füßen zitterte die Erde, und ein ganz leises Grummeln drang aus dem Boden.

Gerd riss die Augen auf: Ein Erdbeben, hier, in Deutschland?

Aber genauso schnell, wie es kam, war es auch wieder vorbei. Hätte Sandro sich nicht so ängstlich an ihn geschmiegt, würde er alles für eine Sinnestäuschung gehalten haben, aber er wusste, dass Tiere für solche Ereignisse besonders wache Sinne haben. Sandro hatte es schon vor ihm gespürt.

Zehn Minuten später war alles vergessen, und Gerd genoss wieder diesen wunderschönen, aber heißen Tag.

Zwischen zwei riesigen Holunderbüschen blieb er stehen und rief nach dem Hund.

Wie vorhin zögerte Sandro kurz und wollte schon weiterlaufen, da rief Gerd erneut, diesmal in schärferem Ton: „Sandro, hierher, komm her!"

Langsam drehte sich der Hund um und trottete auf Gerd zu.

Im Schatten des großen Busches war es etwas kühler, und Gerd setze sich wohlig schnaufend ins Gras. Mit einer Hand klopfte er neben sich, und diesmal verstand sein Freund sofort.

Der Hund schaute mit großen Augen zu Gerd auf, wie um zu ergründen, was nun folgen würde. Als Gerd aber nichts weiter sagte, legte er einfach seinen Kopf auf Gerds Knie, was so viel hieß wie „Streicheln, aber sofort!".

Gerd lächelte. „He, du alter Mann, du weißt auch, was gut ist." Er kraulte das dichte Hundefell.

Die Wirkung blieb nicht aus, und der Hund drehte sich genüsslich auf die Seite.

„Na ja, wir sind beide schon in die Jahre gekommen, und bei dieser Hitze erscheint der Weg fast unendlich."

Gerds Blick fiel auf die überreifen Beeren am Strauch, und plötzlich fiel ihm die Zeit seiner Kindheit ein, als sie aus den Holunderzweigen Blasrohre machten und dann die Beeren als Munition verschossen.

Nein, ein Blasrohr machen wir jetzt nicht daraus, aber in ein paar Tagen sollten wir doch die Beeren ernten und Saft daraus machen, ging es ihm durch den Kopf.

Gerd kraulte weiter Sandros dickes Fell und dachte: *Der Hund ist wirklich Seelenbalsam. Heute früh hatte ich noch Frust wegen des Vermieters, und nun ist alles weg; Seele glatt wie ein Kinderpopo.*

Nach einer kurzen Pause stand er wieder auf und stieß den Hund an. „Komm hoch, alter Mann, lauf zum Garten. Es ist ja nicht mehr weit."

Diesmal verstand Sandro sofort und trabte los, sodass Gerd ihm im Sturmschritt hinterherlaufen musste.

Im Garten angekommen, schloss er den Wohnwagen auf und riss sich als Erstes das verschwitzte T-Shirt vom Leib, dann nahm er dem Hund das Riemengeschirr ab und gab ihm einen Klaps auf den Rücken. „Nun los, troll dich!"

Gerd begann Tisch und Stuhl vor dem Wagen aufzustellen und sich für die nächsten Tage einzurichten. Er war alleine, weil seine Frau arbeiten musste und noch zu ihrer Tochter wollte.

Viel war ja nicht zu tun, außer das mitgebrachte Essen in die Kühlgrube zu verfrachten und die Feuerstelle herzurichten. Für heute Abend hatte er sich vorgenommen, einmal wieder Fleisch am offenen Feuer zu braten.

Er schmunzelte, als ihm einfiel, wie sein Neffe ihn einmal wegen seiner Naturverbundenheit genannt hatte: Onkel Gerd, der Naturspinner.

Als er sah, wie ausgiebig sich Sandro ein paar Meter weiter im Gras wälzte, brummte er mehr zu sich selbst: „Sandro, du bist auch ein Naturspinner."

Es wurde Abend, und die Sonne wurde milder, so richtig angenehm. Als ihr Licht sanft und orange war, begann Gerd, Wasser aus der Regentonne zu schöpfen und die Hochbeete zu gießen. Zwischen den vielen Blüten der Blumen herrschte immer noch reges Treiben. Bienen, Hummeln und Wespen tummelten sich, und ein allgegenwärtiges Summen lag in der Luft.

Plötzlich hielt Gerd inne und schnüffelte laut durch die Nase.

Er nahm einen stechenden Geruch wahr, den er zunächst nicht zuordnen konnte. Dann schoss es ihm durch den Kopf: „Schwefel!" Er hielt sein Gesicht in den Wind und schnüffelte weiter. Der Geruch kam von dem kleinen, mit undurchdringlichem Gestrüpp bewachsenen Hügel her, dort, wo er das stille Örtchen hingebaut hatte.

So kann das doch nicht stinken, dachte er. Das hat doch noch nie so gemuffelt! Er stellte die Gießkanne ab.

Immer noch schnüffelnd ging er langsam in die entsprechende Richtung. Doch als er dort ankam, wo er die Geruchsquelle vermutete, stellte er fest, dass dieser merkwürdige Geruch nicht von dort kam, sondern von weiter rechts aus dem wirren Gestrüpp, das den Garten vom umgebenden Ackerland abgrenzte.

Dornen und trockenes Kraut kratzten an Gerds Beinen, als er weiter nach der Geruchsquelle suchte.

Liegt hier vielleicht ein totes Tier?, dachte er und vermutete, gleich einen Kadaver zu finden, auf dem die Maden schon ihre Orgien feierten.

Der Geruch wurde stärker.

Auf der Kuppe des Hügels lag aber kein verwesender Kadaver, und Gerd grübelte. Als er, das Kratzen der Dornen an den Beinen missachtend, weitersuchte, sah er eine riesige Felsplatte, unter der ein großer Spalt zu sehen war.

Gerd wollte sich bücken und einen Blick hineinwerfen, aber der herausströmende Gestank hielt ihn davon ab. Er spürte plötzlich ein Würgen im Hals, zugleich überkam ihn ein so starkes Angstgefühl, dass er sich rasch umwandte und ein paar Schritte zurückstolperte.

Fast wäre er über den Hund gefallen, der mit eingeklemmter Rute und ängstlich fiepend zu ihm aufschaute.

Gerd ging mit dem Hund ein paar Schritte, bis sie aus dem dornigen Gesträuch heraus waren, und hockte sich dann neben ihn.

„He, du musst keine Angst haben." Er kraulte ihm beruhigend den Kopf.

Wieso hat der Hund Angst? Wieso haben wir beide plötzlich Angst? Das war doch nicht auf den Gestank zurückzuführen … Aber was ist es dann?

Gerd strich über seinen Bart und schaute versonnen zum Gestrüpp hinüber, das ein stinkendes Geheimnis barg.

Nachdenklich ging er zurück zum Wohnwagen. Ganz kurz fiel ihm das Grummeln im Boden wieder ein, als er mit Sandro noch unterwegs war. Diesen Spalt im Felsen hatte er vorher auch noch nie gesehen. War er durch das Erdbeben erst entstanden, oder hatte er ihn vorher nur nicht entdeckt? Ob das irgendwie damit zusammenhing?

Seine Grübelei lenkte ihn so stark ab, dass er fast in den Wohnwagen gestolpert wäre. Gerd schüttelte den Kopf und griff sich die Campinglampe, ein ziemliches Monstrum, das sehr weit leuchtete.

Er setzte sich für einen Moment auf die Stufe des Wagens und kraulte Sandro wieder zwischen den Ohren.

„Du bleibst jetzt hier und passt schön auf. Verstanden?"

Als ob er wirklich verstanden hätte, bellte Sandro kurz und streckte sich vor dem Eingang aus. Mit der Lampe in der Hand ging Gerd zurück. Das *stinkende Geheimnis* forderte ihn heraus.

Auf dem Weg dorthin dachte er: *Wenn ich die Luft anhalte, könnte ich ein paar Sekunden lang in den Spalt hineinschauen, dann werde ich ja sehen, was da drin ist.*

Oben auf dem Hügel angekommen, musste er sich erneut durch das kratzige Gestrüpp quälen.

Er versuchte den Gestank zu ignorieren, holte drei Meter vor dem Felsspalt tief Luft, knipste die Lampe an und ging in die Knie. Obwohl er nicht atmete, spürte er sofort wieder Angst in sich aufsteigen, und die Härchen stellten sich ihm im Nacken auf.

Die Furcht verdrängend beugte er sich zum Spalt hinunter und blickte schließlich hinein. Der Spalt war sehr eng, und Gerd konnte nichts von Bedeutung erkennen.

Vor lauter Neugier war er einen Moment lang unachtsam und stieß mit dem Kopf gegen die Felskante. Der Schmerz ließ ihn kurz aufstöhnen und tief Luft holen.

Das war ein Fehler, denn durch das Einatmen dieses widerlichen Gestanks brach er fast in Panik aus, und das Angstgefühl überwältigte ihn erneut.

Gerd sprang hoch und rannte ein paar Schritte zurück, ließ sich dann einfach auf den Rasen fallen und atmete tief durch. Um seine Beherrschung wiederzufinden, versuchte er ganz bewusst wie bei einer Sportübung tief ein- und auszuatmen.

Als die Angst endlich verflogen war, setzte er sich auf und stieß hervor: „Das gibt's doch gar nicht! Kommen da etwa giftige Vulkangase aus der Tiefe? Schwefelwasserstoff und Methan?"

Er überlegte hin und her. Aber woher kommt diese Panik? Ich war doch nie ein Angsthase.

Schlagartig wurde ihm klar, dass diese Angst ursächlich mit diesem Gestank zu tun haben musste. Aber so sehr er sich auch das Hirn zermarterte, er hatte noch nie von einem Gas gehört, das solche Angstgefühle auslöste.

Gerd kam zu keinem logischen Ergebnis und schob zu guter Letzt diese merkwürdigen Gedanken beiseite. Um sich abzulenken, begann er Feuerholz zu sammeln.

Als er das Holz neben der Feuerstelle aufgeschichtet hatte, verschwand gerade die Sonne zur Hälfte hinter dem bewaldeten Horizont.

Er richtete sich auf und schaute in das langsam versinkende Licht. Genießerisch schloss er die Augen, um auch die Stimmen des Abends zu hören. Etwa zwanzig Meter von ihm entfernt saß ein Amselhahn und flötete so laut, dass von den anderen Vogelstimmen kaum noch etwas zu hören war.

Als sein Hundefreund plötzlich neben ihm stand und andeutete, dass es Zeit für einen Rundgang wäre, nickte Gerd und wandte sich um.

„Na gut, morgen ist auch noch ein Tag, und dann werden wir das Geheimnis lüften. Komm, wir laufen eine Runde und machen es uns dann am Feuer gemütlich."

Die *Runde* dauerte eine Stunde, und als Gerd endlich das Feuer anzündete, war es bereits dunkel. Im Westen war zwar noch ein rötlicher Schein am Horizont zu sehen, aber die Sterne begannen bereits zu funkelten.

Es schien eine sternklare Nacht zu werden, und ein kühler Hauch wehte über die Wiesen. Gerd holte seine Jacke aus dem Wagen, nahm das Fleisch aus seinem Erdgrubenkühlschrank und setzte sich wieder ans Feuer.

Ein paar schlanke Stöckchen hatte er sich schon bereitgelegt und fing nun an, sie mit dem Messer zu glätten. Das sollten die Fleischspießchen werden.

Gerd lächelte in Erwartung des baldigen Genusses.

Als Sandro kurz anschlug, stand er auf und brummte: „Ja, du hast ja Recht, du willst dir auch den Bauch vollschlagen." Er stand auf und schüttete das Hundefutter in den Napf.

Als Gerd ihm den Fressnapf an den gewohnten Platz stellte, bemerkte er, dass der Hund nicht wie sonst gierig auf das Futter schaute, sondern ganz intensiv hinüber zum Hügel, wo das stinkende Geheimnis verborgen lag.

„Sandro, komm schon, hier ist dein Futter. Da oben ist doch weiter nichts außer Gestank. Komm, mein Freund, lass es dir schmecken."

Gerd kraulte den Hund kurz im Genick und setzte sich dann wieder ans Feuer.

Auf diesen Moment hatte er sich schon lange gefreut und war froh, dass seine liebe Marie ihn ein paar Tage entbehren konnte und nicht protestierte, weil er sie für ein paar Nächte alleine ließ.

Es wäre zwar auch schön gewesen, wenn sie hier zusammen sitzen würden, aber er wusste, dass sie wegen der Arbeit sehr früh aufstehen musste.

Mit den Gedanken an Marie ging er rasch zum Wohnwagen und griff nach dem Handy.

Gerd wünschte ihr eine gute Nacht und fragte, ob sie heute auch ein Zittern im Boden gespürt hätte.

Er schilderte ihr kurz seine Wahrnehmungen, aber Marie verneinte. Allerdings hatte sie in den Nachrichten kurz gehört, dass in Teilen Bayerns kleine seismische Aktivitäten verzeichnet worden waren, die jedoch als bedeutungslos eingestuft wurden.

Wieder am Feuer, zog er bedächtig Fleischstückchen auf die Stöckchen und genoss den Moment der Vorfreude. Langsam, immer wieder das Fleisch drehend, briet er es am Rand des Feuers, bis ein köstlicher Duft ihm sagte, dass es gut wäre.

Gerd betrachtete den ersten Fleischspieß eingehend. Das Wasser lief ihm im Munde zusammen, und er begann, kräftig auf die heiße Köstlichkeit zu blasen.

Er liebte diese Art, Fleisch zu braten, sehr. Nicht einmal Salz benötigte man, denn das Holzfeuer gab genügend Raucharomen ab.

Gerd zog den ersten Bissen mit den Zähnen vom Stöckchen und hätte fast vor Genuss gestöhnt, da bellte Sandro plötzlich so, als ob sich ein bösartiger Hund nähern würde.

Sandro stellte sich dicht neben ihn und bellte immer wieder in Richtung Hügel.

Gerd schob das heiße Fleischstückchen im Mund hin und her, pustetet dabei weiter und hätte sich fast verschluckt.

„Sandro, aus! Setz dich hin und sei still!" Nach einem weiteren Bissen meinte er dann etwas versöhnlicher: „Komm, alter Freund, setz dich neben mich, kriegst auch einen Bissen von diesem köstlichen Fleisch ab."

Der Hund beruhigte sich und ließ sich neben Gerd nieder. Der zusätzliche Fleischhappen stimmte ihn wieder friedlich. Seine Augen verfolgten aufmerksam Gerds Hände, ob da vielleicht noch ein Bissen nachkäme. Gerd ignorierte die Hundeblicke und begann das gebratene Fleisch in Ruhe zu genießen.

Er schmatzte genüsslich, und seine Gedanken gingen zurück in eine Zeit, da er mit seiner Familie in Schwedens Wildnis Rentierfleisch am Feuer gebraten hatte.

Dieser besondere Abend war immer noch tief in seinem Gedächtnis verhaftet; die Runde am Feuer mit seinem Sohn, das duftende Fleisch und plötzlich auf der anderen Seite des Sees Wolfsgeheul und die untergehende Sonne.

Er schrak aus seinen Gedanken auf, als Sandro neben ihm auch ein kurzes Geheul anstimmte.

Es war nicht wirklich wie bei einem Wolf, mehr eine Mischung aus Fiepen und Heulen, sodass ihm vor Schreck der zweite Fleischspieß ins Feuer fiel. Er zog ihn schnell aus der Glut und klopfte dem Hund beruhigend auf den Rücken.

„He, mein Freund, warst du mit deinen Gedanken etwa gerade bei deinen Vorfahren? Sollte das etwa ein Wolfsgeheul werden?

Haha, da musst du aber noch etwas üben."

Gerd pustete die Asche vom Fleisch und biss genüsslich hinein, da stand Sandro erneut auf und begann erregt zu bellen.

Ganz leicht spürte Gerd wieder dieses leise Vibrieren in der Erde, wie bei ihrem Spaziergang, und er richtete sich auf.

„Hm", brummte er, „das sind also die leichten seismischen Aktivitäten, die keine Bedeutung haben." Er hatte diesen Gedanken kaum zu Ende gedacht, da war ein lautes Knirschen vom Hügel her zu hören, von dort, wo sich die Felsspalte befand.

Jetzt wird es aber doch etwas merkwürdig, dachte er.

Er kaute das gebratene Fleisch hastig herunter und legte den Rest des rohen Fleisches wieder in seine Kühlgrube.

„Morgen ist auch noch ein Tag, da werde ich mir das dann genauer ansehen und ein paar Fotos machen.

Komm Sandro, wie gehen schlafen."

Vor dem Einschlafen grübelte Gerd noch eine ganze Weile herum, aber so richtig konnte er das alles nicht einordnen. Kleine Erdbeben, hier in Bayern, dieser merkwürdige Gestank, Sandros ängstliches Verhalten …

Gerd erwachte und setzte sich erschrocken auf. Es war stockdunkel im Wagen, aber er merkte, dass Sandro ganz dicht an ihn herangerückt war und wieder leise fiepte.

Er angelte nach der Lampe, die er an der Wand abgelegt hatte. Plötzlich vibrierte der Wagen so stark, dass er erschrak und der Hund zu knurren anfing.

In dem Moment, als Gerd die Lampe anknipste, ging wieder ein kleiner Stoß durch den Wagen, und Gerd sah im Lichtkegel die von der Decke hängenden trockenen Kräuter wie von Geisterhänden hin und her schaukeln.

„Sandro, komm raus!" Er kroch eilig aus dem Bett und riss die Tür auf. Der Hund folgte sofort, blieb aber direkt vor der Treppe sitzen, sodass Gerd über ihn hinwegsteigen musste.

Gerd wischte sich die Augen. Er war noch verschlafen, aber er merkte, wie sein Herz hämmerte, und wurde schlagartig wach. Er spürte einen neuen, leichten Erdstoß unter den Füßen. Sein Puls beschleunigte sich so, dass er sich vorkam, wie bei einer Alarmübung in seiner früheren Armeezeit.

Gerd leuchtete mit seiner Lampe die Fläche ab, bis hinüber zum Hügel, aber es war nichts Ungewöhnliches zu sehen.

Langsam ging er auf die geheimnisvolle Stelle zu, und Sandro folgte ihm.

Im Lichtkegel der Lampe war nichts zu entdecken, was zu den Erdbewegungen passte.

Als Gerd etwa zwanzig Meter vor dem Hügel stand, krachte es dort so laut, dass er zusammenzuckte. Er wusste sofort, dass sich die Felsplatte bewegt haben musste, und er fühlte, wie sich sein ganzer Körper mit Gänsehaut überzog.

Als er noch ein paar Schritte näher ging, sah er, dass Sandro sitzen blieb. Gerd machte zwei vorsichtige Schritte und leuchtete zu der Stelle, wo er den Spalt zwischen den Felsen vermutete. Ruckartig hielt er an, als ihm beim dritten Schritt wieder dieser ekelhafte Gestank entgegenschlug.

Er wandte sich um und ging zurück. Im Vorbeigehen griff er nach dem Hundehalsband und sagte: „Komm, mein Freund. Heute sehen wir da sowieso nichts mehr, und morgen mache ich ein paar Fotos davon. Mal sehen, ob sich hier oben etwas verändert hat."

Gerd schaute auf die Uhr und stellte fest, dass er etwa zwei Stunden geschlafen hatte.Beim Wagen angekommen, verspürte er aber keine Lust, gleich wieder ins Bett zu krabbeln, sondern begann in der Asche des Feuers herumzustochern.

Gerd fand noch ein glimmendes Stück Holzkohle und blies, bis es hell aufglomm. Er lächelte und legte ein paar weitere Holzstückchen nach, sodass bald ein helles Feuer zu brennen begann. Schmunzelnd nahm er das Fleisch wieder aus der Grube.

„Na, dann gibt es eben ein zweites Abendessen", sprach er zu sich selbst und schob Fleisch auf die Spießchen.

Ein paar Augenblicke später sog er schon den Duft des röstenden Fleisches in die Nase.

Die Augen auf das Fleisch gerichtet, überdachte er diesen merkwürdigen Tag. Er hatte ein leichtes Erdbeben erlebt und eine geheimnisvolle Erdspalte entdeckt, die jetzt viel größer als noch vor einigen Stunden war und aus der stinkende Gase austraten, die in ihm Angst entstehen ließen. Seine Gedanken unterbrechend meldete ihm seine Nase, dass das Fleisch gar war. Sofort lief ihm wieder das Wasser im Mund zusammen.

Gerade als Gerd den ersten Bissen auf der Zunge spürte, knurrte Sandro leise.

Gerds erster Gedanke war, dass da jemand käme. Er drehte sich um und schaute in die Richtung, wo der Weg zur Straße hin verlief, aber dort war nichts. Jetzt sah er, dass sein Freund in Richtung Hügel schaute und die Ohren aufgestellt hatte.

Sandro bellte und knurrte abwechselnd.

„Was ist los, Sandro? Läuft da vielleicht ein Wildschwein herum, angelockt von diesem merkwürdigen Gestank?"

Er versuchte Sandro zu beruhigen, doch vergeblich, der Hund bellte immer lauter und knurrte, als wollte er sich gleich auf einen Feind stürzen.

Gerd legte seine Fleischspieße zur Seite und stand auf. Irgendwie war ihm unwohl zumute, und er nahm die Harke, die unter dem Wohnwagen lag, und die Lampe. So bewaffnet näherte er sich mit zögernden Schritten dem Hügel und leuchtete in das Gestrüpp, in der Gewissheit, jeden Moment ein Wildschwein zu entdecken.

Angst hatte er eigentlich nicht vor Wildschweinen, dennoch fühlte er sich unbehaglich, da er nichts sah außer dem dornigen Gestrüpp – keine leuchtenden Augen im Lichtkegel, kein Gegrunze; es war einfach unheimlich.

Als er auf etwa fünfzehn Meter an der Hügelkuppe heran war, hatte er sofort wieder diesen ekelhaften Gestank in der Nase, aber er zwang sich, noch ein paar Schritte näher zu gehen, denn er wollte sicher sein, dass dort wirklich keine Wildschweine waren.

Dann sah er im Lichtkegel der Lampe die Öffnung unter der Felsplatte; sie war jetzt mindestens doppelt so groß wie vorher.

Erst wollte Gerd sich beruhigen und murmelte: „Ja, was sollen hier auch Wildschweine?", aber er hatte wohl einen Atemzug zu viel getan, denn augenblicklich war da dieses unerträgliche Angstgefühl, und er drehte angewidert um.

Gerd rätselte: *Was soll das sein? Hier gibt es keine großen Raubtiere, und Wildschweine sind nicht da oben.* Er packte die Harke wieder fester, drehte sich noch einmal um und leuchtete über die Hügelkuppe, aber nichts Ungewöhnliches war zu entdecken.

Kopfschüttelnd ging er zurück zum Feuer. Morgen würde er ganz sicher mit jemandem darüber reden. Es musste ja schließlich eine Ursache für diesen grauenvollen Gestank aus der Tiefe der Erde geben. Dass er nicht an Einbildungen litt, war ihm klar, denn der Hund hatte ja auch alles gespürt.

Sandro erwartete ihn schwanzwedelnd am Feuer und rutschte, als er sich gesetzt hatte, dicht an ihn heran.

Gerd streichelte ihn, aber er merkte, dass er das eigentlich nur tat, um sich selbst zu beruhigen.

Nach einigen kontrollierten Atemzügen griff er erneut nach seinen Bratstöckchen.

Während er neues Fleisch auf den Holzspieß schob, blickte er ab und an in den klaren Sternenhimmel. Er suchte nach den Sternbildern, die er kannte. Gerade hatte er den Nordpolarstern entdeckt, als er zwinkern musste: Ein großer Schatten war vorbeigeflogen. *Wahrscheinlich habe ich mich geirrt*, dachte er. *So große Vögel gibt es hier doch gar nicht, oder doch? Ein Uhu?*

Wieder spürte er eine leichte Erregung, wie eine sachte Berührung, die langsam über seinen Rücken lief. In seiner Wahrnehmung hatte er einen Schatten gesehen, der ziemlich groß war und kurzzeitig das Sternbild verdeckte.

Gerd überlegte, und in seinem Unterbewusstsein begann es laut zu schrillen, denn wenn er seinen tiefen Blickwinkel zum Himmel bedachte, dann war dieser große Vogel sehr tief, also in Augenhöhe, vorbeigeflogen und nicht etwa in großer Entfernung, sondern hier ganz in der Nähe. Diese Erkenntnis beunruhigte ihn, und er schnaufte hörbar.

Weil seine Aufmerksamkeit abgelenkt gewesen war, roch es jetzt plötzlich angebrannt, und Gerd riss die zwei Fleischspieße aus der Glut. Er pustete und kratzte an ihnen herum und stellte dann fest, dass sie gerade noch genießbar waren.

Mit einem tiefen Atemzug, der ihn beruhigen sollte, steckte er sich etwas von dem Fleisch in den Mund und hatte vor, dem Hund auch ein Stückchen zu überlassen, da riss er die Augen auf. Sandro stand hechelnd neben ihm und schaute ebenfalls in die Dunkelheit. Sein Nackenfell war gesträubt, und ein leises Knurren grollte in seiner Kehle.

Gerds Hand tastete wieder nach der Harke, die hinter ihm lag. Irgendetwas schlich hier herum. Das Verhalten von Sandro war eindeutig, und dieses Bewusstsein beschleunigte seinen Herzschlag beträchtlich.

Mit klopfendem Herzen versuchte er, in der Dunkelheit etwas zu erkennen; vergeblich.

Er lauschte angestrengt, aber nicht einmal ein leises Rauschen oder Rascheln aus den Bäumen und Sträuchern war zu hören. Als er die Anspannung kaum noch aushielt, sah er, dass Sandro ganz entspannt im Gras lag.

Gerd schüttelte verwundert den Kopf. Mit einem unguten Gefühl griff er abermals zu seinem späten Abendmahl, als ihm für einen ganz kurzen Augenblick wieder der ekelerregende Geruch vom Hügel um die Nase fächelte. Er hielt sofort inne und schnüffelte in alle Richtungen, aber der Geruch war weg.

„Hier stimmt etwas nicht", brummelte er leise. „Wenn ich aufgegessen habe, krabbeln wir beide in den Wagen und machen von innen zu."

Ein paar Minuten später wollte Gerd gerade die letzten zwei Fleischspieße abknabbern. Er hatte den knusprigen und rauchigen Geschmack schon auf den Lippen, da sah er auf der anderen Seite des Feuers eine Gestalt, die sich langsam näherte. Fast geräuschlos waren die Schritte im Gras.

Gerds Gedanken überschlugen sich, als er sah, wer sich dort dem Feuer näherte: ein untersetzter, sehr kräftig wirkender Mann mit wilder Mähne und einem riesigen Bart.

Ein Obdachloser, ein Landstreicher?, kam ihm sofort in den Sinn.

Dann stand der Mann vis-à-vis am Feuer und murmelte etwas Unverständliches.

Gerds Hand tastete nach seinem Messer, das er am Gürtel trug, und warf einen kurzen Seitenblick auf den Hund, aber der schaute den Fremden gelassen an, als ob er ihn kannte.

Bin ich verrückt, dachte er, aber dann sagte ihm sein Unterbewusstsein, dass keine Gefahr drohte, und er nahm die Hand wieder vom Messer.

Gerds Puls bewegte sich ganz sicher bei etwa 160, als der Mann um das Feuer herum kam und ihm direkt ins Gesicht sah.

Der Fremde zeigte seine offenen Handflächen, ein Zeichen der Friedfertigkeit, und Gerd blickte in ein freundliches Gesicht.

Das Gesicht dieses merkwürdigen Mannes nahm ihn gefangen.

Es war das gütigste Gesicht, das sich Gerd bei einem Mann vorstellen konnte. Dunkle Augen, umgeben von kleinen Fältchen, buschige Augenbrauen und ein Mund, der sich langsam zu einem breiten Grinsen verzog.

Der Mann setzte sich neben ihn ans Feuer und sah ihm, weiterhin lächelnd, direkt in die Augen.

Gerd konnte nicht anders, als nun auch freundlich zu schauen, und nickte dem Ankömmling zu. Der Gedanke an einen Obdachlosen tauchte wieder in seinem Hirn auf, und er griff nach den beiden Fleischspießen, die noch übrig waren. Er sah, wie die Augen des Fremden seinen Händen folgten, und er bot dem Mann das Fleisch an.

Zwei kräftige Hände streckten sich ihm entgegen und nahmen die Gabe an.

Der Fremde lächelte noch stärker, nickte und sagte mit einer tiefen, kehligen Stimme: „Danke, Freund."

Von dieser Stimme und den einfachen Worten fühlte Gerd sich tief in der Seele berührt. Er wollte etwas sagen, da legte der Fremde die Stöckchen mit dem Fleisch ab und schaute ihm direkt in die Augen. „Burk ... Ich bin Burk."

BURKS GESCHICHTE

Zwei Tage später saß Gerd wieder an der Feuerstelle neben seinem Wohnwagen. Es war genau die Zeit, in der zwischen Tag und Nacht nicht einfach Abend war, sondern die goldene Stunde. Alles um ihn herum, Bäume, Büsche und Blumen, leuchtete im Licht der späten Sonne wie Gold, und der Wind berührte als sanfter Hauch Gerds nackte Schultern.

Sandro, sein treuer Gefährte, lag neben ihm und döste.

Das Tagewerk an Gartenarbeit war erledigt, und Gerd freute sich schon auf das Abendessen, auf seine gebratenen Fleischhappen. Wenn er schon unter freiem Himmel an einem Feuer saß, gehörte das einfach dazu. Diesmal hatte er sich noch Zwiebelstückchen geschnitten und wollte sie mit dem Fleisch zusammen rösten. Die Fleischportion war heute bedeutend größer als sonst, und das nicht ohne Grund.

Seit der Begegnung mit diesem geheimnisvollen Mann, der sich Burk nannte, überschlugen sich in Gerds Kopf die Gedanken. Wer war er?

Auf den ersten Blick hatte er den plötzlich auftauchenden Mann für einen Landstreicher gehalten, als er so unvermittelt an seinem Feuer stand. Die Art, wie sich dieser Mann vorstellte und seinen Namen nannte, war jedoch völlig anders, als er erwartet hatte. Sie war so bestimmt, als ob das Zusammentreffen geplant war. Und die Blicke des Fremden freundlich, aber nicht demütig wie die eines Bettelnden, sondern frei und selbstbewusst.

Gerd hatte fast den ganzen Tag während der Gartenarbeit an diese Begegnung gedacht und an die Fortsetzung, die heute Abend stattfinden sollte. Ihm wurde sehr schnell klar, dass dieser Mann ein außergewöhnlicher Mensch war, aber er fand nicht auf Anhieb eine schlüssige Erklärung für seine bohrenden Gedanken.

Erst am späten Nachmittag traf ihn die Erkenntnis so heftig, dass er sich aufrichtete, hörbar ausatmete und die Hacke fallen ließ.

Sein Verstand hatte ohne bewusstes Dazutun die Lösung gefunden. Er beschwor noch einmal das Bild in seinem Gedächtnis: Der Mann am Feuer war mittelgroß, hatte sehr kräftige Schultern und muskulöse Arme wie ein Schwerarbeiter und einen Brustkorb wie ein Ringer. Als Gerd sich sein Gesicht in Erinnerung rief, die leicht fliehende Stirn mit den dicken Augenbrauenwülsten, sprang ihn die Erkenntnis förmlich an: *Neandertaler!*

Er schüttelte den Kopf und schlug sich die flache Hand an die Stirn: *Wie soll denn ein Neandertaler hier, in unserer Zeit, auftauchen? Absurd.*

Aber Gerd musste sich eingestehen, dass die äußeren Merkmale, die er aus Büchern und Filmen über Neandertaler kannte, auf diesen Mann hundertprozentig zutrafen.

Ihm fiel ein, dass nach dem neuesten Stand der Wissenschaften in jedem Menschen ein kleiner Prozentsatz von Neandertalergenen steckte, und Gerd wusste auch, dass manchmal versteckte Erbanlagen deutlich sichtbar werden konnten. Vielleicht traf ja in diesem Fall so eine sonderbare Fügung zu.

Gerd hatte sich vorgenommen, seine Neugier zu befriedigen und Burk zu fragen, auch wenn es vielleicht etwas anstößig wirkte, jemandem nach seinem Aussehen zu befragen.

Dass Burk eine ungewöhnliche Geschichte erzählen würde, war Gerd schon klar, denn er saß vorgestern nicht lange am Feuer und hatte kaum mehr als seinen Namen gesagt, den Hund gestreichelt, wissend gelächelt und war dann sehr schnell wieder in der Dunkelheit verschwunden.

Nein, nicht ganz. Er sagte noch kurz: „Ich komme wieder. Warte auf mich übermorgen Abend", dann hatte ihn die Nacht verschluckt.

Gerd hatte auch registriert, dass er sich zum Hügel hin entfernt hatte, also genau zu dieser geheimnisvollen Stelle.

Jetzt begann wieder sein Unterbewusstsein zu kombinieren, und von diesem Moment an war sich Gerd sicher, dass die Felsplatte und der daraus aufsteigende Gestank mit Burk zu tun hatten. Wie das allerdings tatsächlich zusammenhing, konnte er sich beim besten Willen nicht erklären. Seine Überlegungen sagten ihm aber, dass von Burk keine Gefahr ausging und demzufolge die Höhlung unter der Felsplatte auch keine wäre.

Was ist dort verborgen, und was hat das mit Burk zu tun? Gerds Gedanken begannen wieder wie aufgescheuchte Hühner herumzuflattern. Er war auf ein geheimnisvolles Rätsel gestoßen.

Die goldene Stunde ging langsam in die Dämmerung über, und Gerd ärgerte sich etwas, dass er durch seine Grübelei den Zauber dieses Moments fast nicht wahrgenommen hatte.

Er setzte sich ans Feuer und bereitete das Fleisch mit den Zwiebelstückchen vor. Als er die ersten durchgebratenen Fleischstücke auf ein Brett schob, wurde Sandro wach und erschnüffelte sofort das gebratene Festessen.

„He, he, zieh mal deine Nase ein, das ist nicht für dich. Wenn wir essen, bekommst du auch dein Futter."

Aber es war nicht nur das Fleisch, das Sandros Aufmerksamkeit erregte. Er hob den Kopf und ließ ein leises Knurren hören.

Gerd ahnte, wer sich da näherte, als er bemerkte, wie Sandro sich aufrichtete und zum Hügel sah.

Da es noch nicht stockfinster war, konnte er sehen, wie Burk durch die Büsche auf die Wiese trat.

Sich aufmerksam umsehend, ging er geradewegs auf Gerd zu.

„Ich sagte ja, dass ich wiederkommen würde, und wie ich sehe, hast du mich auch erwartet."

Burk zeigte ein wissendes Lächeln und leckte sich die Lippen. Seine Augen ruhten auf dem schon gebratenen Fleisch. Er nickte anerkennend und setzte sich zu Gerd.

Mit einer einladenden Handbewegung forderte Gerd ihn auf zuzugreifen.

Burk dankte mit einem Lächeln, nahm sich von dem Fleisch, und es war deutlich zu sehen, dass es ihm schmeckte.

Plötzlich stand Sandro auf und lief um den Fremden herum, beroch ihn eingehend und setzte sich dann vor ihn hin. Er beschnüffelte Burks Gesicht und wollte seine Wange lecken, doch Burk hielt Sandros Kopf plötzlich mit beiden Händen fest und drückte seine Stirn an den Hund. So verharrten sie beide für einen Moment, bis Sandro plötzlich den Kopf hob und ein fast echtes Wolfsgeheul ertönen ließ.

Auf Gerds Armen und im Nacken war plötzlich überall Gänsehaut.

Was hat Burk mit dem Hund gemacht, dass der plötzlich wie seine Vorfahren heulen konnte? Eine ganze Weile herrschte Stille; nur die leise knackenden Zweiglein im Feuer waren zu hören.

Dann lächelte Burk und zeigte auf das Fleisch. „Dort, wo ich herkomme, gibt es so etwas nicht ... Überhaupt, ... ich esse dort nichts."

Gerd schaute verwundert. „Wie, du isst nichts, aber ..."

Burk machte eine abwehrende Handbewegung. „Ich war vorschnell. Lass mir Zeit, ich will dir alles erzählen, wo ich herkomme und auch warum ich mit dir reden muss.

Es ist wirklich eine lange Geschichte, und wir werden wohl morgen Abend auch noch miteinander reden, bis du alles weißt, und dann ..."

Er machte eine längere Pause und schaute Gerd intensiv ins Gesicht. „... bis du vielleicht mitkommst."

Gerd horchte auf. „Was, wohin soll ich mitkommen?"

Burk machte wieder eine beschwichtigende Bewegung, steckte sich ein neues Fleischstückchen in den Mund und brummte: „Warte ab. Lass mich erst erzählen, wie ich auf die Welt gekommen bin. Du hast mich vorhin so merkwürdig angesehen, dass ich ahne, welche Gedanken dir durch den Kopf gingen.

Ich weiß sehr gut, dass ich *anders* aussehe als du."

Er stützte sich nach hinten auf die Arme und schaute versonnen in den Himmel. „Ob die Sterne damals auch so aussahen, dort ..., wo meine Leute lebten?", und er blickte noch eine ganze Weile gedankenverloren in den Nachthimmel.

Ganz unvermittelt brach es aus ihm heraus: „Ja, ich bin ein Neandertaler, aber nicht so, wie du es vermuten würdest."

Er hob abwehrend die Hand, damit Gerd ihn weiterreden ließ.

„Ein paar meiner Leute und ich, wir haben nicht etwa irgendwo in einer Wildnis überlebt. Nein, diese Verbrecher, sie nennen sich Wissenschaftler, haben uns aus Knochen gemacht. Modern nennt ihr das wohl klonen."

Überrascht und auch schockiert, setzte sich Gerd ruckartig auf. „Was, du wurdest geklont, aus uralten Knochen? Du benutzt das Wort *uns*, dann gibt es noch mehr von euch?"

Burk nickte, und sein Gesicht nahm einen zornigen Ausdruck an. „Ja, wir waren zehn Leute so wie ich, aber jetzt sind wir nur noch neun."

Gerd sah deutlich, wie sich Burks Gesicht schmerzhaft verzog.

Burk fuhr fort: „Ich muss dir viel erzählen, und es wird sehr absonderlich in deinen Ohren klingen, aber höre mir einfach zu, ja?"

Burks Hand berührte Gerds Hand. „Mach doch bitte noch einen Tee. Wenn es geht ... bitte schwarzen Tee, den mag ich sehr gerne."

Als Gerd mit zwei Teetassen in der Hand zurückkam, schaute Burk immer noch entrückt ins Feuer und kraulte den Hund.

Gerd stieß Burk sanft am Arm an.

Burk nickte, und ziemlich heiser kam es über seine Lippen: „Ich danke dir, mein Freund."

Er schaute Gerd intensiv in die Augen und brummte: „Du wirst sehen, wir werden Freunde sein, aber jetzt höre mir zu.

Meine Brüder, Schwestern und ich wurden vor vielen Jahren in einem geheimen Labor *geboren*. Dieses Labor liegt in einem riesigen, abgeschirmten Gelände, weit östlich von hier, in Polen."

Burk schlug plötzlich mit einer Hand heftig neben sich auf den Rasen, und Gerd sah, wie sich in seinem sein Gesicht Wut und Schmerz abzeichneten.

„Ja, sie waren stolz darauf, dass sie uns zum Leben erweckt hatten, aber sie wollten uns nicht wie Menschen behandeln ..."

Burks Stimme klang zornig. „Sie sperrten uns ein, jeden einzeln, aber wir waren doch wie Kinder. Wir hatten doch keine Eltern, wie es bei Menschen üblich ist.

Nach und nach erweiterten sie das Territorium, in dem wir uns bewegen durften, und jeder von uns hatte dann einen von diesen Forschern an der Seite, der uns das Nötigste beibrachte.

Wir waren auch keine *normalen* Kinder, und so wurden wir in ganz kurzer Zeit *fertige* Individuen."

Burk wandte sich Gerd direkt zu. „Wir durften auch keine normalen Kinder sein. Wir mussten lernen, wie *Neandertaler* zu leben. Sie zeigten uns alles, wovon sie glaubten, dass es die Neandertaler vor langen Zeiten so gemacht hätten.

Ich will dir jetzt nicht schildern, wie wir uns fühlten, wo wir doch sahen, wie sie lebten, obwohl sie ständig versuchten, es vor uns zu verbergen.

Später, als wir alle den Umgang mit dem Speer erlernt hatten und mit Steinen Feuer machen konnten, brachten sie uns in eine Wildnis, die durch eine hohe Mauer und Stacheldraht abgesichert war."

Ein tiefes Stöhnen entrang sich Burks Kehle, und er ließ den Kopf auf die Brust sinken.

Gerd hatte Mühe, dieser ergreifenden Geschichte zu folgen, und ihn schauderte. Er spürte einen dicken Knoten in der Kehle und musste schlucken. Er begriff langsam die Tragik, die darin bestand, dass Burk und seine Geschwister wie Versuchstiere gehalten worden waren, ohne dass man ihr Menschsein akzeptierte.

Er rückte näher an Burk heran und flüsterte: „Das sind doch keine Forscher mehr, sondern verblendete und größenwahnsinnige Leute, die im Auftrag von machtgierigen Monstern Gott spielen möchten."

„Ja, mein Freund, das sind sie. Aber es wurde noch schlimmer, und wir beschlossen, auszubrechen.

Da sie doch nicht alles geheim halten konnten und wir viel über sie erfuhren, mehr, als sie glaubten, waren wir schließlich so verzweifelt, dass wir lieber sterben wollten, als weiter für sie die Versuchstiere zu spielen.

Wir beobachteten sie von da an intensiver und konnten bei einer günstigen Gelegenheit ausbrechen.

Sie verfolgten uns natürlich und jagten uns sogar bis über die Ländergrenze, aber wir hatten sehr gut gelernt und wussten uns in der Natur zu bewegen, sodass sie uns nicht so einfach einfangen konnten.

Bei dieser Flucht starb Dork, weil wir uns wehrten."

So eindringlich erzählte Burk seine Geschichte, dass Gerd immer wieder den Kopf schüttelte und sich zum Schluss die Tränen aus den Augen wischen musste.

Er legte Burk seine Hand auf die Schulter und flüsterte: „Warte einen Moment, ich mache uns noch einen Tee."

Als Gerd den frischen Tee abstellte, war Burk dabei, Holz nachzulegen.

„Ich werde den Tee noch trinken, und dann gehe ich."

Gerd schaute verdutzt, dann sah er auf seine Uhr und stellte fest, dass er überhaupt nicht bemerkt hatte, wie schnell mehr als zwei Stunden vergangen waren.

„Burk, gehst du wieder dorthin?" Gerd zeigte in die Richtung des Hügels. „Wohnst du dort in dieser stinkenden Höhle?"

Burk hob den Kopf und schmunzelte leicht. „Du wirst es nicht glauben, ja, dort ist der Eingang, aber es ist anders, als du es dir vorstellst. Du nanntest vorhin das Wort ‚Gott'." Er machte eine Pause und fuhr dann fort: „Es gibt wirklich so etwas, aber wir nennen es Mutter Erde, Große Mutter, Pachamama oder Gaia."

Gerd riss die Augen auf. „Träume ich, oder willst du mir jetzt erzählen, dass euch ein *Gott* geholfen hat?"

„Gedulde dich, ich werde es dir morgen erklären. Auch wenn du es für unmöglich hältst, es ist … Du siehst es ja, ich bin hier bei dir. Wir sind viele. Die Große Mutter sammelt Leute für die Zeit *danach*.

Es ist nicht so einfach. Morgen Abend bin ich wieder hier."

Burk stand auf, berührte kurz Gerds Schulter und lief mit hängendem Kopf in die Nacht.

Gerd hörte sehr wohl, in welche Richtung sich die Schritte entfernten, und schüttelte nachdenklich den Kopf.

Ich habe noch nie an solche Wunder geglaubt. Die ‚Große Mutter' … Das glaubt mir doch kein Mensch, ging es ihm durch den Kopf.

Ihn fröstelte plötzlich, und es war nicht die Abendkühle, sondern Burks Worte: „Die Große Mutter sammelt Leute für *die Zeit danach.*"

Danach?

Als am folgenden Abend die Dämmerung einsetzte, entzündete Gerd wieder das Feuer. Diesmal hatte er aber belegte Brote vorbereitet. Er wusste, dass er zuhören würde, und er fühlte auch, dass er Burk, nein der Großen Mutter folgen würde. Die letzten Worte von Burk hatten ihn den ganzen Tag beschäftigt: *die Zeit danach* ... Er ahnte, was damit gemeint war. Auch in ihm hatte die Entwicklung der letzten Jahre solche Gedanken entstehen lassen; Wirtschaftswachstum, immer mehr, immer schneller und um jeden Preis, Kriege, die immer mit den gleichen Lügen begannen, der Verfall von Kultur, von Werten, Sitten und Gebräuchen, bis hin zu einer Gesellschaft, in der es nur noch Arbeitsvieh und eine abgeschottete Elite gab; Endzeitszenario.

Gerd nickte langsam. Die Große Mutter war vielleicht eine Hoffnung für *die Zeit danach.*

Als Burk geendet hatte, blickte er Gerd tief in die Augen, ergriff seine Hand und sagte: „Ich sehe es dir an, du hast mich gut verstanden. Aber ich sehe auch, dass du Sorgen hast, dass dich etwas quält. Sag es mir. Du spürst doch, dass wir beide jetzt Freunde sind, oder?"

Gerd nickte abwesend, dann hob er den Kopf. „Ich habe dich sehr gut verstanden, und viele deiner Schlussfolgerungen sind auch die meinen. Schon seit einiger Zeit bewegen mich ähnliche Gedanken, aber mich bedrückt wirklich etwas."

Burk hob die Augenbrauen. „Sag es, mein Freund."

Gerd wusste nicht, wie er anfangen sollte, und holte weit aus: „Seit Jahrtausenden gibt es die Strukturen der Familien, der Sippen bei den Menschen, wo die Alten bis zum letzten Tag in ihrer Familie leben konnten. Sie waren ja auch wichtig, denn sie waren die Träger des Wissens, der Werte, die eine Gesellschaft zusammenhielten. Abends am Feuer, so wie wir jetzt hier sitzen, gaben sie ihr Wissen und ihre Erfahrungen weiter." Gerd starrte in die Flammen.

„Am Tag passten die Alten auf die Kinder auf und erzählten ihnen ihre Geschichten, die doch ganz wichtig für die Kleinen waren."

Gerd wischte sich eine Träne aus dem Auge und schaute auf.

Burk sah ihn aufmerksam an und griff wieder nach seiner Hand. „Mein Freund, ich glaube, ich weiß, was du mir sagen willst. Auch andere aus unserem Kreis sprachen davon. Es ist ein trauriges Thema, wie schnell sich die Menschheit von ihren ureigensten, uralten Wurzeln entfernt hat."

Gerd schluckte den Kloß im Hals hinunter und nickte. „Ja, das ist es. Bis vor einiger Zeit kannte ich diese Gemeinsamkeit auch noch, aber heute kann ich meine Enkelchen nicht einmal sehen, geschweige denn ihnen Geschichten erzählen. Die meisten Menschen machen freiwillig mit, sich zu vereinzeln oder, wie du sagtest, sich von ihren Wurzeln zu entfernen, und sie merken nicht einmal, dass sie damit ihre eigene Natur und die ganze Welt zerstören."

Burk drückte Gerds Hand ganz fest und sagte: „Ja, auch das ist ein ganz wichtiges Anliegen der Großen Mutter.

Zusammen mit denjenigen von uns, die schon bei ihr sind, ist sie dabei, noch mehr Menschen zu sammeln, die bereit sind, sich von der Zerstörung der Welt zu lösen, die bereit sind, zusammen mit uns, mit und von der Natur zu leben, ohne sie zu zerstören.

Die Welt, wie sie jetzt ist, wird es nicht mehr lange geben. Diese selbsternannte Weltelite ist dabei, alles zu zerstören. In ihrer unendlichen Gier begreift sie es nicht, und das Karussell dreht sich immer schneller."

Burk überlegte einen Moment. „Das ist, wie wenn du eine Schnur an einen Stiel bindest und sie um den Stock kreisen lässt. Die Kreise werden immer kleiner und ihre Bewegung immer schneller, und dann ist plötzlich Schluss.

Die Große Mutter will den Menschen, die zu ihr stehen, eine zweite Chance geben, eine Chance für die Zeit *danach*."

DIE SONNE SCHEINT WIEDER

Die Familie saß zusammen am Feuer, und alle kauten genüsslich an dem wohlschmeckenden Fleisch, das sie heute im Über-
fluss hatten.

Johannes knabberte und saugte geräuschvoll an einem Knochen herum, dann warf er ihn in das Feuer, schmatzte laut und
fragte: „Darf ich noch großes Stück haben?"

Johannes' Vater Falko schaute verschmitzt in die Runde und
zwinkerte seinem Vater zu: „Da musst du deinen Opa fragen,
der hat ja das Ren geschossen."

„Was soll das", erwiderte Gerd belustigt. „Johannes, von mir
aus kannst du eine ganze Keule verdrücken, vielleicht wächst
du dann schneller und kannst bald mit deinem Vater zusammen
auf die Jagd gehen. Mir fällt es langsam immer schwerer, stun-
denlang dem Wild hinterherzuhetzen. Ich kann nicht mehr so
leichtfüßig wie dein Vater über die Steine springen, und gestern
hätte es mich fast erwischt."

Er zog den Ärmel seiner Pelzjacke hoch und zeigte den blu-
tigen Ellenbogen. „Auf einen Schlag ging es drei Meter abwärts.
Es war ganz schön arg, aber heute geht's schon wieder."

Johannes schaute kurz auf die Wunde, dann griff er zu seinem
Messer und schnitt sich noch ein beachtliches Stück vom Braten ab.

Seine Mutter Birte machte große Augen und murmelte:
„Na, hoffentlich übernimmst du dich nicht", dann schaute sie
prüfend auf den abgenagten Knochen in ihrer Hand, schab-
te etwas mit dem Messer daran herum und murmelte fast un-
hörbar: „Der sieht gut aus, vielleicht kann ich was Nützliches
draus schnitzen."

Es war eine gemütliche Stimmung im Zelt. Das Ren, das Falko und Gerd gestern erlegt hatten, würde ihnen für einige Tage
reichlich Essen bescheren, sodass sie in aller Ruhe weiterziehen
konnten, in die Gegend, die sie als Sommerlager nutzen wollten.

Seit Jahren schon zogen sie ständig nach Osten, immer weiter weg von der Welt, die nicht mehr existierte. Gelegentlich erschien Burk und gab ihnen Hinweise, welche Richtung sie für ihre Wanderung einschlagen sollten oder wo sie ein Fluss erwarten würde.

Gerd ahnte, woher Burk sein Wissen hatte.

Als das Ende der alten Welt kurz bevorstand, hatte Burk Gerds Familie und noch einige andere geholt und sie … wohin gebracht? Gerd grübelte kurz, aber bis heute war ihm immer noch nicht klar, auf was für eine Ebene Burk sie gebracht hatte. Sie waren anfangs durch Stollen unter der Erde gelaufen, aber Gerd konnte sich beim besten Willen nicht erinnern, dass sie irgendwann und irgendwo angekommen waren. Die *Ebene* der *Großen Mutter* war ihm nach wie vor ein Geheimnis, ein Rätsel, und Burk rückte nicht mit der Sprache heraus.

Als sie später, nach dem *Großen Sturm*, wieder an die Oberfläche kamen, war nicht nur die Welt eine andere, auch er fühlte sich irgendwie anders. Völlig neue Erkenntnisse über die Natur waren in seinem Kopf angekommen, und er konnte sich beim besten Willen nicht daran erinnern, wo er all das gelernt hatte. Burk machte eine Verschwörermiene, wenn er das Gespräch darauf brachte, und sagte immer wieder das Gleiche: „Warte ab, mein Freund, du wirst es bald wissen und verstehen."

Das Stimmengewirr am Feuer riss Gerd aus seinen Gedanken, und er nickte Marie zu, als er sah, dass sie die Kanne fragend anhob.

Gerd fiel kurz zurück in seine Grübelei über das Wissen, das sie vorher nicht hatten, das sie jetzt aber täglich sinnvoll nutzen konnten, wie etwa für den Kaffee, den seine Frau gerade anbot. Es war ja gar kein Kaffee, aber sie nannten das Getränk so, und es nahm auch die Rolle ein, die Kaffee früher in ihrem Leben gespielt hatte. Marie stellte ihn aus Löwenzahn- und Wegwartewurzeln her, und er schmeckte sogar.

Gerd wischte sich über die Augen und fand zurück in die Runde am Feuer, als seine Frau ihm den Kaffee eingoss und Falko laut rief: „Ich auch!"

Falko hielt ihr seinen Trinkbecher hin, und Marie goss auch ihm ein, aber weil er seine Hand nicht stillhielt, gingen ein paar Tropfen daneben und fielen zischend ins Feuer.

Kleine Dampfwölkchen stiegen auf.

„Pst, ich glaube, da kommt jemand", flüsterte Falko.

Jetzt hörten es auch die anderen, ein leises Rascheln im frischen Gras. Es nähert sich jemand dem Zelt.

Falko stellte seinen Becher ab und machte einen Satz zum Eingang, da schob sich auch schon das Fell zur Seite, und ein kräftiger, untersetzter Mann wurde sichtbar.

Für einen kurzen Moment herrschte Stille im Zelt, dann stand Gerd überraschend schnell auf und rief: „Burk, alter Freund! Komm her, ich grüße dich. Komm, lass dich umarmen!"

Mit schnellen Schritten war er bei dem Neandertaler und schloss ihn fest in die Arme.

Als Gerd ihn wieder losließ, verbeugte sich Burk kurz vor der Runde am Feuer. Er nickte jedem mit seinem freundlichen Lächeln zu und sprach: „Ich grüße dich, Falko. Sei mir gegrüßt, liebe Marie. Ich grüße dich, schöne Birte, und auch du sei mir gegrüßt, starker Johannes."

Bei diesen Worten reckte sich Johannes sofort in die Höhe, streckte die Brust vor und rief: Hallo Burk!"

Burk sah weiter in die Runde, dann zeigte er auf die kleine Greta, die sich etwas hinter ihrer Mutter versteckte.

„Dich hätte ich ja beinahe vergessen, kleine Greta. Komm einmal her und lass dich drücken."

Zögerlich und nur weil Birte sie lächelnd vorschob, ging sie auf Burk zu, der sie hochwarf und dann liebevoll drückte. „So stark wie deinen Opa kann ich dich ja nicht drücken, sonst brichst du noch in der Mitte durch, und dann haben wir zwei Gretas."

Das gefiel Greta, und sie fing an, fröhlich zu quietschen. Plötzlich so im Mittelpunkt zu stehen war schön, und sie gab ihm einen Kuss auf die Wange.

Nachdem wieder Ruhe eingekehrt war, setzte sich Burk an Gerds Seite und fragte: „Darf ich auch ein Stück kosten? Mir läuft ja schon das Wasser im Mund zusammen. Es duftet so köstlich."

Gerd legte einen Arm um Burks Schulter. „Freund, du bist hier immer willkommen, und solange wir etwas zu essen haben, werden wir es gerne mit dir teilen. Wir werden dir nie vergessen, was du für uns getan hast.

Du weißt, ohne dich wären wir nicht hier." Und nach einer kurzen Pause fragte er: „Sag mal, warum bist du heute hier? Wir wollten uns doch erst in fünf Tagen treffen."

Burk blickte erst in die Runde, dann wandte er Gerd den Kopf zu und schaute ihm tief in die Augen.

Alle spürten sofort, dass er gleich etwas sehr Wichtiges sagen würde, da sprang Johannes auf, rief laut „Ich muss mal pinkeln!" und rannte aus dem Zelt.

Johannes' Aktion platzte so überraschend in den spannungsgeladenen Moment, dass es im Zelt schlagartig still war, wodurch alle ein leises Plätschern von draußen hören konnten.

Birte runzelte die Stirn und rief sehr laut in Richtung des Geräusches: „Ich mach dir bald einen Knoten in deinen Schniedel, wenn du zum Pinkeln nicht weiter weg gehst. Ich habe dir das doch schon hundertmal gesagt!"

Alle lachten.

Statt einer Reaktion auf die Worte seiner Mutter kam ein lauter Aufschrei von Johannes: „Mama, Papa, kommt mal alle raus, ganz schnell! Was ist das denn? Es wird ja so hell! Ich kann gar nicht mehr richtig sehen!"

Im selben Moment bemerkten es auch alle im Zelt: Der Lichtspalt am Zelteingang wurden gleißend hell.

„Genau deshalb bin ich heute bei euch", ließ sich Burk vernehmen, „ich wusste, dass heute das Licht wiederkehren würde, und ich wollte diesen Moment mit meinen besten Freunden teilen."

Burk sprang auf und riss regelrecht das Eingangsfell zur Seite. „Wir werden wieder blauen Himmel sehen, so wie früher. Kommt raus!"Sie sprangen überrascht auf und waren für einen Moment sprachlos, aber dann stürmten sie alle nach draußen.

Fast wie verabredet stellten sie sich im Halbkreis auf und legten sich die Arme auf die Schultern.

Alle schwiegen, und nur ein ganz leiser Wind fächelte über die unendliche Ebene und bewegte die Grashalme.

„Wie viele Jahre?", fragte Gerd und hielt sein Gesicht dem Licht entgegen. Die Sonne strahlte hell zwischen den noch dicken Wolken hervor. Ganz langsam wurde der Riss zwischen den Wolken immer größer, und alle schauten fasziniert auf das Stück blauen Himmels, den sie seit vielen Jahren nicht mehr gesehen hatten.

Marie schmiegte sich an Gerds Schulter und schluchzte: „Ist das schön, dass ich das noch erleben darf. Ach, ist das schön." Ihr Gesicht war tränennass.

Gerd drückte sie ebenfalls an sich, und auch über sein Gesicht rannen Tränen, die langsam in seinem weißen Bart versickerten.

Selbst Falko hatte eine Träne im Auge, als er leise murmelte: „Ich glaube, es ist jetzt sieben Jahren her, dass wir keine Sonne mehr sahen."

Plötzlich brach es aus ihm heraus, und mit tränenerstickter Stimme rief er: „Sieben Jahre nur Düsternis, grauer Himmel, sieben Jahre, mal helles, mal dunkles Grau!" Er schluckte. „Dieses immerwährende Grau wurde mir so grässlich, dass es mir manchmal vorkam, als ob nicht einmal mehr die Blumen dufteten!" Dann ließ er seine Birte los, breitete die Arme aus und drehte sich mit erhobenem Kopf im Sonnenlicht mehrfach um die eigene Achse.

Johannes hatte vielleicht noch eine kleine, vage Erinnerung an die Sonne, aber Greta hatte sie ja noch nie gesehen. Sie drehte sich mit erhobenem Kopf und lachendem Gesicht langsam im Kreis und zwinkerte lustig mit den Augen. Sie kicherte laut und fröhlich: „Hihi, hihi!"

Gerd ging langsam auf Burk zu. „Hat *sie* dich geschickt?"

Burk nickte. „Ja, sie hat auch noch andere ins Land geschickt. Alle sollten es wissen. Und ich würde es gut finden, wenn wir heute zusammen ein kleines Fest feiern könnten. Wir machen hier draußen ein Feuer, knabbern weiter an eurem wunderbaren Braten, und ich habe euch auch etwas mitgebracht, das hervorragend zu einem kleinen Fest passt. Schau, dort neben dem Zelt liegt ein Ledersack. Da ist etwas sehr Leckeres drin."

Eine zeitlang redeten alle durcheinander und tauschten Erinnerungen aus, die mit dem plötzlich wieder aufgetauchten Sonnenlicht zusammenhingen.

Gerd rückte dichter an Burk heran und sagte: „Ich habe es ja fast geahnt, denn in der letzten Zeit waren die Wolken manchmal nicht mehr ganz so düster, und langsam keimte in mir die Hoffnung, dass wir die Sonne doch wiedersehen würden.

Johannes und Greta hüpften spielerisch um das Feuer herum und kreischten vor Vergnügen. Sie fingen an, Purzelbäume zu schlagen; da rutschte Falko dichter an die beiden alten Männer heran.

„Ich habe ja Papas letzte Worte gehört; ja, ich hatte auch seit ein paar Tagen so ein Gefühl, als ob es heller würde. Aber sag, weißt du, ob das jetzt so bleibt?"

Burk wandte ihm sein Gesicht zu und zeigte ein breites Lächeln. „Ja, Falko, die düsteren und kalten Zeiten sind ein für alle Mal vorbei, auch wenn es hin und wieder noch graue Tage geben wird, aber die gab es ja früher auch schon. Ich muss euch aber auch ausrichten, dass ihr noch viel weiter nach Osten ziehen müsst, mindestens zehn Tagesreisen weiter als zunächst vereinbart.

Schaut nicht so entsetzt, mit euren drei Pferden schafft ihr das doch recht gut, und jetzt, wo die Sonne den Frühling viel schöner macht, wird euch die Wanderung ganz sicher gefallen."

Nachdem sich die freudige Aufregung etwas gelegt hatte, kehrte erwartungsvolle Stille ein, denn alle wussten, dass Burk nicht grundlos bei ihnen war.

Falkos Worte brachen die Stille: „Wenn die Düsternis jetzt wirklich vorbei ist, wie wird dann unsere Zukunft aussehen? Mir gingen gerade die letzten Tage der alten Welt durch den Kopf."

Er machte eine Pause, und man konnte sehen, wie er schluckte. „Wir haben so unendlich viel verloren … Ja, aber ich will jetzt nicht darum trauern, weil ich auch erkannt habe, dass der Untergang der alten Welt so oder so gekommen wäre. Was erwartet uns jetzt? Burk, werden wir weiter wie Nomaden durch das Land ziehen, oder gibt es ein Ziel? Aber egal wie, ich glaube, wir haben auch sehr viel gewonnen."

Burk blickte sich in der schweigenden Runde um und sah in erwartungsvolle Gesichter. Ihm war klar, woran sie alle dachten. Es war ihnen anzusehen, dass sie mit ihren Gedanken in der vergangenen Zeit waren, an die Menschen dachten, die sie vorher kannten, bevor *der Sturm* über die Erde brauste.

„Freunde, ich ahne, was euch durch den Kopf geht, und ich weiß, dass es unendlich schmerzt, aber ich bitte euch, schaut nach vorne.

Wäre dieser *Sturm* nicht über die Erde gebraust, wäre die Erde jetzt wahrscheinlich überall unbewohnbar, so wie dort, wo ihr herkommt."

Burk machte wieder eine Pause und stützte den Kopf in seine Hände. Es war unverkennbar, dass auch er sehr bewegt war.

Dann hob er den Kopf. „Durch euch und viele andere, die dort schon warten, wo unser Ziel ist, hat die Menschheit eine zweite Chance, und wir wollen sie nutzen. Wenn wir dort angekommen sind, also in etwa zehn bis zwölf Tagen, werdet ihr auch auf andere Menschen treffen, und später auf noch andere.

Wir sind viele, viel mehr als ihr ahnt. Wir alle sind die zweite Chance für die Menschheit."

Nach einer kurzen Pause fuhr er fort: „Wir werden niemals alles vergessen können, aber die Große Mutter gibt uns eine neue Zukunft. Wir sind doch jetzt alles Menschen, die eine ganz bestimmte Vorstellung eint, nämlich: gemeinsam *mit und von der Natur zu leben, ohne sie zu zerstören.*"

DIE LETZTE RAST

Wie eine kleine Karawane bewegten sie sich durch das Land, und je nach Gelände war es manchmal anstrengend und manchmal einfach nur schön. Seit Jahren waren sie nun unterwegs, ständig in Richtung Osten, so wie es Burk ihnen gesagt hatte, und seit Burks letztem Besuch wussten sie, dass sie kurz vor dem Ziel waren.

Gerd war auf ihren langen Wanderungen meist mit seinen Gedanken ganz woanders. Mit einer Hand am Zügel des Pferdes lief er fast wie ein Blinder durch die Gegend.Hin und wieder war er etwas deprimiert, weil diese Wanderung kein Ende zu haben schien, aber jetzt hatte er wieder Hoffnung, und das gab ihm Kraft und Zuversicht.

Burk wanderte nun mit ihnen, und nach seiner Berechnung hatten sie schon mehr als drei Viertel des Weges zurückgelegt.

Das letzte Ren war schon lange aufgezehrt, und hier in dieser unbekannten Landschaft bereitete es oft Mühe, genügend Nahrung heranzuschaffen.Falko und Burk waren zwar gute Jäger, aber auch sie wussten nicht, wo sich in dieser unbekannten Region Wildtiere aufhielten.

Gerd hatte deutlich bemerkt, dass sich seit Jahren die Klimazonen sehr weit verschoben hatten, aber war zufrieden, weil Rentiere jetzt fast überall zu jagen waren.

Die Flachheit dieser Landschaft war ihrem Lauftempo dienlich, sodass es auch ihre Pferde viel leichter hatten, die Schleppen über den Boden zu ziehen. Zwei der Pferde zogen je eine Schleppe aus zwei Birkenstämmchen hinter sich her. Das dritte Pferd wurde meistens für Erkundungen genutzt oder wenn einmal jemandem aus der Gruppe das Laufen schwerfiel.

Gerd schaute versonnen in den Himmel, und ein Gefühl der Dankbarkeit und Freude breitete sich in ihm aus. Bis zum Horizont war nur blauer Himmel zu sehen, mit ein paar kleinen Wölkchen. In der Weite verteilt standen Büsche und gelegentlich auch ein paar Bäume. Das Schönste aber waren für ihn die vielen Blumen; ein Blütenmeer bis zum Horizont.

Gerd dachte zurück. Jahrelang war die Sonne nicht mehr zu sehen gewesen, nur düsterer Himmel, graue Wolken, sodass man die Farbenpracht der Blumen kaum noch sehen konnte, aber jetzt überwältigte ihn diese Fülle der Blüten richtig, und er lächelte freudig. Mit einem Seitenblick auf seine liebe Marie stellte er fest, dass sie wohl gerade das Gleiche fühlen musste, denn ihre Augen glänzten feucht und ein liebliches Lächeln lag auf ihrem Gesicht.

„Wie gut, dass du bei mir bist", flüsterte er.

Das Land hier war, wie er es liebte: Offen, weit und hell.

Gerds Gedanken wurden vom Geräusch galoppierender Pferdehufe unterbrochen. Er blickte auf und sah Falko heranpreschen.

Es war schon von Weitem zu sehen, dass er etwas entdeckt haben musste, denn sein Gesicht war angespannt und er winkte wie wild. Alle hielten an und machten neugierige Gesichter.

Noch während der letzten Schritte des Pferdes sprang Falko aus dem Sattel und rief: „Ich habe etwas entdeckt!"

Mit dem Pferd am Zügel hielt er direkt auf seinen Vater zu.

Gerd hielt seinen Sohn am Arm fest und fragte besorgt: „Was ist passiert, dass du so zurückgestürmt kommst?"

Johannes kam angerannt und fasste seinen Vater an der Hand.

„Papa, hast du etwas Schlimmes gesehen?"

Statt einer Antwort schüttelte Falko den Kopf und fragte augenzwinkernd: „Hört mal, können wir noch einen Reisegefährten brauchen?"

Dass er etwas Aufregendes entdeckt hatte, spürte die Gruppe sofort, und im Nu standen alle um Falko herum. Greta hangelte sich an ihrem Vater hoch, bis er sie lächelnd auf seine Schultern hob.

Burk klopfte Falko auf die Schulter und sagte: „Komm spann uns nicht länger auf die Folter, sag, wen hast du da draußen getroffen, noch eine Gruppe?"

Alle schauten Falko an.

„Nein, keine Gruppe, aber dort liegt jemand, dem wir helfen sollten."

Alle rissen die Augen auf, und Birte fragte besorgt: „Was, wem helfen?", da grinste Falko breit.

„Nein, da draußen liegt kein Mensch, dem wir helfen müssen, aber ich habe einen jungen, verletzten Wolf gefunden, und ich glaube, wenn wir ihm nicht helfen, wird er sterben. Er ist noch nicht ganz ausgewachsen und sieht ziemlich verhungert aus. Ich habe gesehen, dass er eine schlimme Wunde an der Flanke hat, so als ob ihn ein Tier auf die Hörner genommen hätte."

Da redeten alle durcheinander, und Burk klatschte in die Hände. Er brummte: „Ruhe! Hat er nicht versucht, vor dir wegzulaufen?"

Falko verneinte. „Er hob nur kurz den Kopf und ließ ihn auch sofort wieder sinken. Ich glaube, dass er völlig erschöpft ist."

„Wollen wir einem jungen Wolf helfen?", fragte Burk in die Runde, aber er hätte sich die Frage auch sparen können.

Alle nickten ungestüm, und Johannes hüpfte vor Aufregung herum.

„Wo ist der Wolf? Papa, zeig mal, wo er ist."

„Du hast es gehört, zeig uns, wo er liegt, wir folgen dir", beendete Burk die Diskussion.

Der ganze Zug setzte sich in Bewegung und folgte Erik etwa eine halbe Stunde, dann gab er ein Zeichen, dass die Gruppe halten sollte.

Er richtete sich im Sattel auf und suchte aufmerksam die Gegend ab.

Falko legte den Finger auf den Mund und flüsterte: „Seid leise, erschreckt ihn nicht. Hier muss er irgendwo sein."

Alle hielten an, und jeder suchte mit seinen Blicken die nähere Umgebung ab.

Aus Falko Gesicht wich die Spannung, und lächelnd zeigte er auf einen großen Holunderbusch, der etwa 30 Meter entfernt stand.

Gerd breitete die Arme aus und forderte alle auf zu verharren.

„Ich glaube, wir können hier auch gleich unser Lager aufbauen, und unsere Schamanin kann versuchen, dem Wolf zu helfen.

Burk, komm, wir gehen vor und holen ihn her."

Als er mit Burk an Marie vorbeiging, strich er ihr sanft über den Arm und sagte lächelnd: „Hallo Schamanin, pack schon einmal dein Verbandszeug und die Kräuter aus."

Die Gruppe war wirklich gut eingespielt; leise und ohne Hast machte jeder die Handgriffe, die jetzt notwendig waren. Gerd und Burk gingen auf das Holundergebüsch zu, und dann sahen sie ihn auch schon: Zusammengerollt, aber mit wachem Blick beobachtete der junge Wolf die beiden Männer. Als sie direkt vor ihm standen, versuchte er ein leises Knurren, aber es klang eher kläglich. Es war deutlich zu sehen, dass er sehr schwach war.

Sie knieten neben dem Wolf nieder, und Burk schob seine Hand ganz langsam zu dem Tier. Als er dessen Hals erreicht hatte, ließ er sie ruhig liegen. Das verletzte Wölfchen folgte mit seinen Augen jeder Bewegung, schaute ängstlich in die Gesichter der Männer, aber knurrte nicht mehr. Es schien zu spüren, dass sie ihm helfen wollten.

Dann machte Burk das, was Gerd schon einmal bei ihm gesehen hatte, damals, bei dem Hund Sandro. Burk legte seinen Kopf an den des Wölfchens und verharrte so eine Weile.

Als Burk den Kopf zurückzog, lag der Wolf ganz still da und hatte die Augen geschlossen.

Burk deutete auf die riesige Wunde, die an der linken Seite schräg über den ganzen Brustkorb verlief und an einer Stelle weit auseinanderklaffte.

„Ob Maries Hände das in den Griff bekommen?"

Gerd zuckte mit den Schultern. „Wir wollen es hoffen, aber Wildtiere sind ja auch sehr zäh und haben einen großen Überlebenswillen." Burk schob seine Arme unter den Wolf und hob ihn hoch.

Gerd lief dicht neben Burk her und streichelte unentwegt den Nacken des verletzten Tieres.

Bei der Gruppe angekommen, legte Burk den Wolf auf eine der Schleppen, die schon abgeräumt war.

Im Nu standen alle wieder im Kreis um sie herum und schauten besorgt auf den verletzten Wolf. Beim Anblick der großen Wunde zogen sie die Augenbrauen hoch, und Marie sah Gerd fragend an.

„Das soll ich verarzten?" Sie hielt sich erschrocken die Hand vor den Mund.

„Das muss doch genäht werden, und das habe ich noch nie gemacht. Oh mein Gott, hoffentlich schaffe ich das."

Die kleine Greta stand mit traurigem Gesicht daneben und schluchzte laut auf: „Der hat aber dolle Aua, armer kleiner Wolf. Marie, machst du ihn wieder heile?"

Marie nickte. „Ich will es jedenfalls versuchen." Sie kniete sich hin, packte ihre Utensilien aus und untersuchte die Wunde sorgfältig.

Gerd half und zog die Wundränder etwas auseinander. Er nickte und meinte dann: „Hm, das ist gut; die Wunde geht nicht bis in den Bauchraum, das ist wirklich gut."

Marie legte sich ihr Verbandszeug zurecht und sagte bestimmt: „Bitte, bitte schaut jetzt nicht zu. Geht alle weg, nur Gerd bleibt hier."

Sie schüttelte den Kopf, als sie eine Pinzette und eine gebogene Nadel aus ihrem Täschchen holte, und flüsterte: „Ich hätte nie gedacht, dass ich das jemals brauchen würde."

Die Gruppe arbeitete weiter am Aufbau des Lagers, und jeder bemühte sich, dabei so leise wie möglich zu sein, um Marie nicht zu stören.

Nach fast endlos scheinender Zeit lösten Gerds Worte die Spannung auf, als er mit fröhlicher Stimme rief: „Leute, wir haben jetzt eine richtige Unfallchirurgin unter uns!"

Sofort kamen alle näher, um Maries Werk zu betrachten.

Der verletzte Wolf lag still und hatte die Augen geschlossen. Die Wunde war mit neun Stichen vernäht und sah nun nicht mehr so böse aus.

Marie wirkte angespannt, aber sie lächelte. „Nun muss nur noch ein Verband angelegt werden. Die Kleine war sehr tapfer."

„Die Kleine?", wiederholte Falko ihre Worte, aber dann sah er es selber.

„Ja", sagte Gerd, „es ist ein Wolfsmädchen. Hm, ich glaube, sie sollte Inga heißen."

Merkwürdig, wie da plötzlich Sachen aus dem Unterbewusstsein hochkommen, ging es ihm durch den Kopf. Ihm hatte einmal ein Mädchen namens Inga eine Schwedenkrone geschenkt.

Marie nickte und lächelte. „Na gut, dann heißt sie jetzt Inga." Sie lehnte plötzlich ihren Kopf an Gerds Schulter und schluchzte erleichtert: „Ich hab's geschafft, ich hab's geschafft! Und die ganze Zeit habe ich gedacht, dass ich das nicht kann. Das war wirklich schwer."

Als sie am nächsten Morgen ihre Schleppen beladen hatten und die Gruppe kurz vor dem Aufbruch stand, schauten sie alle noch einmal nach ihrer neuen Gefährtin und sahen mit Freuden, wie Inga einen kleinen Happen Fleisch fraß und etwas Wasser aus der Schüssel trank, die Marie ihr hinhielt.

Gerd kniete sich daneben, kraulte ihren Kopf und flüsterte: „Ich glaube, du hast verstanden, dass wir deine Freunde sind."

Ein paar Tage später erreichten sie das Ufer eines Flusses, der mit seinen wunderschön bewachsenen Ufern die Steppenlandschaft malerisch durchschnitt.

Es war eigentlich noch nicht an der Zeit, das Lager aufzuschlagen, aber Burg rief laut: „Einen besseren Platz können wir nicht finden, hier machen wir Rast und schlagen unser Lager auf!"

Falko schüttelte den Kopf und rief verwundert: „Wieso denn? Es ist doch noch früh am Tag, und wir könnten noch viele Kilometer schaffen."

Burk legte ihm den Arm auf die Schulter und lächelte. „Wir sind am Ziel. Na ja, nicht ganz, aber wenn wir auf der anderen Flussseite sind, haben wir nur noch diese Hügelkette dort zu überqueren, dann sind wir am Ziel."

Burk wartete, bis alle neben ihm standen, dann erklärte er: „Wir machen uns heute einen schönen Abend, und ich werde euch noch einiges erzählen, was uns morgen dort erwartet."

Die Aussicht auf das Ende ihrer endlos scheinenden Wanderung beflügelte sie, und so stand das Lager in kurzer Zeit in einer von Büschen umsäumten Mulde am Flussufer.

Bald darauf brannte ein Feuer, und Burk begann über das zu reden, was sie dort erwarten würde, während die Kinder die Frühlingssonne genossen und verspielt durch die Gegend rannten.

Burk blickte in die Runde. „Weil ihr meine Freunde seid, sage ich euch auch, dass dort auf mich eine Frau wartet. Eine Frau, die mein Schicksal teilt. Ihr werdet sie bald kennenlernen, meine Tilla."

Nach dem Abendessen lagen alle auf ihren Fellen und konnten nicht gleich einschlafen, denn Burks Worte weckten neue Erwartungen. Hunderte Zelte und Jurten würden sie dort sehen, bestimmt tausend Menschen aus den unterschiedlichsten Gegenden, mit vielen Sprachen und Kulturen, und wenn sie dort drei Nächte verbracht hatten, würden sie wissen, wie es weitergeht, so sagte Burk.

Auch Gerd fand keinen Schlaf. Drei Nächte dort schlafen, wie meinte Burk das? Gerd ahnte es irgendwie: Die Große Mutter würde bestimmt wieder in ihrer geheimnisvollen Art zu Burk und vielleicht auch zu ihnen sprechen.

Er grübelte angestrengt weiter, sodass heiße Wellen durch seinen Kopf gingen. Am meisten beschäftigten ihn die Gedanken an die Gegend, in die sie dann ziehen sollten, und die sehr geheimnisvollen Worte, die Burk nur ihm anvertraut hatte. Burk hatte ihm nämlich das Geheimnis verraten, dass es vor langer Zeit schon Wissenschaftler gab, die sich bereits viele Jahre vor dem Sturm Gedanken über das Auftauen des Permafrostbodens in Sibirien gemacht hatten. Und um diesem Prozess entgegenzuwirken, hatten sie begonnen, urtümliche Tiere zu klonen und dort auszusetzen. Sie wollten damit die urwüchsige Flora und Fauna der letzten Eiszeit wieder herstellen.

Burk erklärte ihm, dass sie Mammuts, Moschusochsen und andere Großtiere klonten, die damals in der Eiszeit die unendliche Tundra bevölkerten.

In Gerds Kopf kreiste ein Gewirr von Gedanken, und er erinnerte sich, dass er vor vielen Jahren einen Beitrag eines russischen Wissenschaftlers darüber gesehen hatte. Da schoss ihm plötzlich die Frage durch den Kopf: „Werden wir wieder zu Mammutjägern?"

EIN TRAUM WIRD WAHR

Es war wieder Frühling, und Gerd saß alleine im Zelt. Er ging seiner Lieblingsbeschäftigung nach: die Gedanken fliegen lassen. Er überlegte, wie oft er hier schon den Frühling erlebt hatte, aber nachdem er mehrfach vergeblich mit den Fingern gezählt hatte, gab er es auf.

Sie lebten hier in einem Land zwischen zwei sehr großen Flüssen und sie lebten ein Leben, das zwar anstrengend, aber doch wunderschön war, gestand sich Gerd ein.

Burk, der inzwischen Vater von drei Kindern war und ihr Klanoberhaupt, hatte vor längerer Zeit die Idee gehabt, zwei Hütten zu bauen, denn zu mehr reichte das Holz nicht, das hier ziemlich knapp war.

Sie bauten also gemeinsam zwei geräumige Hütten, die zur Hälfte in der Erde standen, und benutzen sie als Lagerhäuser. Eine Hütte war das Zentrum ihres Sommerlagers, die andere des Winterlagers. Dadurch konnten sie zwischen beiden mit relativ leichtem Gepäck wechseln und hatten außerdem noch zwei Lager für eine Menge getrockneter Vorräte und viele andere Dinge.

Burk war ein guter, umsichtiger Anführer, sinnierte Gerd, und körperlich war er auch sehr gut in Form. Gerd ging zwar noch mit auf die Jagd, wenn sie auf Wanderung waren, aber Burk war wirklich ein beachtlicher Jäger, der immer noch mit Falko mithalten konnte, wenn sie über längere Zeit ein Tier verfolgten.

Ein Lächeln huschte über Gerds Gesicht, als er daran dachte, wie Johannes vor ein paar Tagen ins Zelt gestürmt kam und ihm eine Gans vor die Füße legte. „Opa, du isst doch so gerne Gänsebraten; die hier habe ich extra für dich geschossen, ganz alleine."

Gerd zog Johannes neben sich auf die Felle und drückte ihn kräftig.

„Johannes, ich bin stolz auf dich. Ich gehe ja nun immer weniger auf die Jagd, weil ich langsam alt werde und nicht mehr so schnell bin, doch du kannst mich nun ersetzen. Jetzt kann ich mich beruhigt zurücklehnen, weil du uns nun mit frischem Fleisch versorgst. Dein Papa kann wirklich stolz auf dich sein. Du bist ein guter Bogenschütze geworden."

Es war Johannes anzusehen, wie ihm die Brust von Opas Lob schwoll, und er strahlte über das ganze Gesicht.

„Danke, Opa. Ich wollte nur die Gans schnell nach Hause bringen, damit Mama oder Marie sie für den Abend schon braten kann. Ich nehme mir jetzt ein Pferd und reite zurück zu Papa. Burk hat nämlich gesagt, dass er weiß, wo Moschusochsen sind, und da wollen wir noch einen jagen. Ich will da unbedingt mitmachen. Mach's gut, Opa", und ganz schnell war er wieder draußen.

Am Abend saßen sie mit Burk und seiner Familie zusammen an einem großen Feuer und ließen sich das frische Fleisch schmecken. Ihr Vorhaben, einen Moschusochsen zu erlegen, hatten sie erfolgreich verwirklicht, und so konnten sie sich die Bäuche vollschlagen.

Aber lange Gespräche wollten nicht recht aufkommen, nur die Kinder schwatzten wie wild und Johannes erzählte bestimmt zum dritten Mal, wie er sich an die Gänse anschlich und dann eine mit dem Bogen erlegt hatte.

Die Jäger waren müde von der stundenlangen Verfolgung der Moschusochsen, und die Frauen waren müde, weil sie das große Tier enthäuten mussten, damit das geschabte Fell zum Trocknen aufgespannt werden konnte. Begleitet von leisen Worten ließen sie kleine Gegenstände von Hand zu Hand gehen, die Birte angefertigt hatte. Birte war ihre Meisterschnitzerin geworden. Immer wenn ein Tier zerlegt wurde, untersuchte sie die Knochen und sicherte sich die am besten für eine Weiterverwertung geeigneten. Von Angelhaken über Gürtelschnallen bis Schmuck stellte sie alles in bester Qualität her, sogar eine kleine Pinzette, um die Marie sie gebeten hatte.

Es wurde langsam still am Feuer, bis auf ein gelegentliches Kichern oder Lachen der Kinder. Alle lehnten sich satt und zufrieden zurück. Sie genossen den wunderschönen Abend, die goldene Stunde.

In diese gemütliche Stille hinein platzte Johannes mit seiner Frage: „Papa, sag mal, stimmt das wirklich? Das Land, von dem Opa immer erzählt hat, gab es dieses Land wirklich?"

Falko zog die Augenbrauen hoch und schaute sofort zu Gerd, der spitzbübisch in die Runde blickte.

Irgendwie war es in den letzten Jahren so, dass sie nie oder kaum über die Zeit vor dem Sturm redeten, die nun schon sehr lange zurücklag. Nur ab und zu, wenn Gerd den Kindern Geschichten erzählte, flocht er aus dieser Zeit Erlebnisse ein, wenn es sich gerade ergab.

„Ja, Johannes, es gab dieses Land wirklich. Aber es ist so weit weg, es ist so lange her, dass es mir schon fast unwirklich erscheint. So, wie wir hier leben, ist es viel besser. Ich habe jeden Tag die um mich herum, die ich liebe, und kann mit meinem Sohn zusammen jagen gehen, meinen Enkelchen Märchen erzählen, muss keine Angst mehr haben, irgendwann die Miete nicht mehr zahlen zu können, muss keinen dümmlichen Trends hinterherlaufen, und wenn es mit mir zu Ende geht, dann darf ich hier bei euch sein und muss nicht in einem kalten Krankenzimmer verrecken."

„Opa, was ist denn Miete?", riefen Greta und Johannes: „Und was ist ein Krankenzimmer?"

Am nächsten Tag waren Gerd und Falko unterwegs. Am späten Vormittag erreichten sie einen kleinen See, dessen Ufer locker von Birken gesäumt war.

Gerd blieb abrupt stehen und legte einen Arm auf Falkos Schulter. „Junge, halte mich fest. Träume ich? Sag mir, wie sieht dieses Fleckchen Erde hier aus, erinnert es dich an etwas?"

Falko ließ seinen Blick herumwandern und wollte schon mit den Schultern zucken, doch dann sagte er mit ziemlich kratziger Stimme: „Ja, Papa, ich glaube, ich weiß, was du meinst. Dieser lange Erdwall dort, der erinnert mich an eine Stelle, wo wir damals unter freiem Himmel geschlafen haben, als ich noch ein

Junge war. Das war dort, in der Nähe unseres Gartens", dann brach er ab und schaute erschrocken auf seinen Vater.

Gerd war langsam in sich zusammengesunken und kauerte nun im Gras.

Erik beugt sich über ihn. „Papa, was ist, warum weinst du?"

Gerd blickte auf, lächelte und schaute sich langsam um.

Sich die Tränen wegwischend flüsterte er: „Falko, das war unsere Heimat ... Meine Heimat. Das hier sieht genau so aus wie unser Buchholz, ... wo wir unseren Garten hatten, wo wir eine glückliche Familie waren ... Und es war eine ganz andere Welt."

Als sie am späten Nachmittag mit ihren geangelten Fischen im Lager ankamen, war die Freude groß, und Marie umarmte Gerd liebevoll, nachdem sie die vielen Fische begutachtet hatte.

Gerd lächelte abwesend und streichelte ihre Wange. Er sah, dass Burk abseits stand und ihn aufmerksam ansah. Dann machte Burk eine Geste mit dem Kopf, ihm zu folgen.

Burk steuerte auf eine Stelle am Fluss zu, wo man bequem sitzen konnte. Als Gerd neben ihm stand, sagte er: „Komm, setz dich, ich glaube, ich weiß etwas Wichtiges."

Gerd setzte sich neben ihn und schaute ihn fragend an. „Was ist? Hat die Große Mutter wieder mit dir gesprochen?"

Burk nickte. „So ähnlich. Du hattest doch einmal vor längerer Zeit von einem früheren Forscher gesprochen, einem Russen, der Sergej Zimow hieß, und von seinem Plan, wieder Mammuts anzusiedeln."

„Ja, das ist aber ewig her. Haha, da gab's noch Fernseher. Ja, er wollte etwas zum Schutz des Permafrostbodens tun und wieder die Tiere ansiedeln, die in der Eiszeit dort lebten. Wieso sprichst du das an?"

Burk legte seinen Arm auf Gerds Schulter. „Sie kommen. Sie sind schon hier. Moschusochsen jagen wir ja nun schon seit einiger Zeit, aber was hältst du von einer Mammutjagd?"

Gerds Kopf fuhr herum. „Spinnst du? Sag das noch einmal, Mammutjagd?"

Burk nickte, und er zeigte ein breites Lächeln. Diese Überraschung war ihm gut gelungen. „Ja, Gerd, es ist wahr. Das Vorhaben von diesem Sergej Zimow wurde verwirklicht. Es hat fast niemand gewusst, und der Sturm der Großen Mutter hatte verhindert, dass sich dieses Wissen verbreitete. Mein Freund, wir sind mit dabei. Wir sind Teil eines großartigen Versuchs. Versuch? Na ja, vielleicht hat die Menschheit noch einmal eine Zukunft."

Gerd schaute Burk eindringlich in die Augen und man sah, dass er tief gerührt war. „Burk, wenn das so ist, dann machst du mich mit deinen Worten sehr glücklich. Ich habe schon immer davon geträumt, mit der Natur und von der Natur zu leben. Früher war es für mich immer ein Spaß, anderen zu sagen, dass ich am liebsten in der Steinzeit leben würde, auch weil die Menschen damals wahrhaftiger leben mussten, weil sich die Natur nicht von Lügen beeindrucken lässt … Und meistens haben sie mich für einen Spinner gehalten."

Gerd schluckte den dicken Kloß hinunter, der im Hals drückte. „Burk, ich bin wirklich sehr glücklich. Schon die Art, wie wir hier leben … Es ist nicht leicht, aber wir leben in einer Harmonie, wie es nur in der Natur möglich ist. Keine Hektik, kein Hasten, kein Heucheln; alles um uns herum ist wahrhaftig, und was wir haben, teilen wir miteinander. Niemand von uns wird in eine Ecke gedrückt und hat nichts weiter zu tun, als die Knochen abzunagen, die wir ihm überlassen. Ach Burk, sag mir, wo sind sie? Werden wir sie bald sehen? Ich bin nicht darauf aus, ein Mammut zu töten, aber wenn ich sie sehen könnte, dann hätte sich ein Traum für mich erfüllt."

Burk stand auf und zog Gerd hoch. „Komm, mein Freund. Komm mit bis zur Flussbiegung."

Nach einigen Schritten schaute Gerd noch einmal zum Lager zurück, und eine wohlige Welle durchflutete ihn. Das Bild, wie sie alle zusammensaßen, machte ihn froh – und dazu noch Burks Verheißung. Gerd wäre vor Freude am liebsten in die Luft gesprungen.

Burk pfiff und riss ihn damit aus seiner Träumerei.

Sie waren noch nicht ganz um die Flussbiegung herum und standen gerade neben ein paar riesigen Holunderbüschen, da zeigte Burk mit ausgestrecktem Arm über den Fluss. „Da, sieh!"

Gerd stockte der Atem.

Auf dem gegenüberliegenden Flussufer breitete sich eine flache, sandige Stelle aus, und genau dort standen dunkelbraune, zottige Riesen und sogen mit ihren Rüsseln Wasser aus dem Fluss.

Gerd zählte elf Tiere, davon zwei Jungtiere.

Er stellte sich neben Burk, umarmte ihn ganz fest und konnte dann keinen Blick von den Mammuts wenden.

Leise flüsterte er: „Große Mutter, ich danke dir."

LUSTIGE FAHRRADTOUR

Es sind Sommerferien, juhu! Meine Schwester und ich hatten beschlossen, den Nachmittag für eine kleine Fahrradtour zu nutzen.

Ich hatte eine Idee und blieb mitten in der Schuppentür stehen, sodass Jule nicht an ihr Fahrrad konnte.

„Was ist?", fragte sie. „Lass mich durch."

„Warte mal, ich glaube, ich habe eine gute Idee. Wie wäre es denn, wenn wir zusammen mit nur einem Rad fahren?"

Sie schaute mich verdutzt an und fragte: „Du fährst, und ich soll auf dem Gepäckständer sitzen?"

Ich grinste sie an: „Nein, wir fahren beide. Jedenfalls können wir das ja einmal versuchen."

„Wie geht das denn?", fragte sie überrascht.

Ich schob mein Rad aus dem Schuppen und hielt auf dem Gartenweg an.

„Jule, schau einmal her. Du stellst dich mit beiden Füßen auf dieses Pedal und hältst mit beiden Händen den Lenker, und ich mache das Gleiche hier auf meiner Seite", erklärte ich ihr.

Sie blickte erstaunt drein. „Und das soll gehen?"

Ich wiederholte: „Jeder steht auf einer Pedale und wir halten beide den Lenker."

Gesagt, getan. Wir testeten unser Vorhaben, und es war gar nicht so schwer. Nach einigen wackligen Versuchen funktionierte es richtig gut.

Es war wirklich lustig, und wir lachten beide, als wir ohne Probleme die erste Kurve in den nächsten Weg hinein meisterten, ohne umzukippen.

Es wurde mit jeder Minute besser, und wir schafften es, den Gartenweg zügig entlangzufahren.

Ich lachte laut: „Wir sind ja wie zwei Kolben von einem Motor, die wechselseitig hoch- und runtergehen!" Aber es war auch ziemlich anstrengend, die Balance zu halten und Hindernisse zu umfahren, denn abrupt umlenken konnten wir auf diese Weise nicht.

Wir lachten beide, weil es riesigen Spaß machte, und bei der Fahrt konnten wir abwechselnd über die hohen Gartenhecken schauen.

Von der Gartenseite her muss es sehr komisch ausgesehen haben, wenn sich da plötzlich Köpfe zeigten und wieder verschwanden, denn das Fahrrad selbst konnte man ja aus den Gärten nicht sehen.

Wir lachten uns fast kringelig, weil das Fahren auf diese Art unheimlich Spaß machte, aber das Beste waren doch die Gesichter der Leute, die an ihren Kaffeetischen saßen oder im Garten werkten. Sie nahmen ja nur unsere Köpfe oder die Schultern wahr und machten alle Gesichter, als ob sie einen fliegenden Hund sehen würden.

Nach einer halben Stunde hatten wir genug, denn es war auch ganz schön anstrengend. Wir bogen wieder in unseren Weg ein. Nach ein paar Metern fuhren wir an Opa Waschkes Garten vorbei und sahen ihn mit dem Gartenschlauch in der Hand den Rasen sprengen.Er drehte sich zu uns um und riss die Augen auf, dann ließ er den Gartenschlauch los, und der wand sich sofort wie eine Schlange und spritzte in der Gegend herum.

Wir blieben am Gartentor stehen und hielten uns die Bäuche vor Lachen.

Opa Waschke fing endlich den wild gewordenen Wasserschlauch wieder ein, dann musste auch er lachen. Er lachte so herzlich, und dabei passierte es: Sein Gebiss flog ihm aus dem Mund, und er ließ erneut den Wasserschlauch fahren, der sofort wieder zu tanzen anfing.

Nun lachten auch wir wie verrückt, und meine Schwester kreischte: „Jetzt hab ich mir in die Hosen gemacht!"

LUCIE, DIE EULE

Langsam schob Klaus den Einkaufswagen durch die Gassen des Supermarktes, blickte hierhin, schaute dorthin. Die wichtigsten Dinge hatte er schon im Wagen, und so konnte er sich Zeit lassen, in den Boxen herumzustöbern, in denen meist Saisonartikel lagen, vom Regenschirm bis zum Sandkastenspielzeug, und günstig angeboten wurden. Jetzt, im Frühjahr, fanden sich dort Artikel, die mit Solarzellen bestückt waren; na ja, der Sommer kommt und die Sonne auch.

Er wollte schon über den *Plunder*, wie er das nannte, lächelnd weiterziehen, da blickten ihn zwei große Augen an. Er machte einen halben Schritt zurück und sah genauer hin. Zwei Eulenaugen schauten ihn aus einer Folienverpackung an. Klaus schüttelte den Kopf, grinste und griff sich den kleinen Karton. Dem Etikett nach war das also eine Eule aus Keramik, die Sonnenenergie speichern konnte und dann bei Dunkelheit die Energie als Licht abgab.

„Lustig", dachte er. „Die könnte ich ja auf dem Balkon aufstellen, und abends hätten wir dann auf dem Balkontisch gemütliches Licht."

Die Eule kam also in den Einkaufswagen und passierte anschließend die Kasse.

Irgendwann spielte es sich so ein, dass Klaus die Eule zwar auf dem Balkon aufstellte, aber dann am Abend in die Wohnung holte. Auf einem kleinen Schränkchen im Flur konnte die gute Eule nämlich die Umgebung so erhellen, dass man nachts mit ihrem Licht die Toilette finden konnte. Das gefiel auch der Frau von Klaus, und sie meinte, dass die Eule immer dort stehen sollte. Praktisch war auch, dass die Eule nach einem wirklich sonnigen Tag bis in die frühen Morgenstunden ihr sanftes Licht abgab.

Eule rein, Eule raus, tagsüber manchmal nach der Sonne drehen und abends wieder auf das Flurschränkchen stellen; als Rentner hatte Klaus ja Zeit.

Waren es die ständigen Berührungen mit der Eule, oder war es der Blick aus ihren großen Augen, jedenfalls stellte Klaus irgendwann fest, dass er die kleine Eule mochte. Er trug sie fortan etwas vorsichtiger bei ihrem täglichen Standortwechsel und mit beiden Händen. Manchmal strich er ihr dabei sogar über den Kopf.

Bin ich jetzt ein Spinner, dachte er einmal, aber das machte ihm letztendlich nichts aus, und so entstand wirklich eine Art freundschaftlicher Beziehung zwischen ihm und der Keramikeule.

Der Sommer war mittlerweile schon etwas fortgeschritten, und die kleine Eule beleuchtete immer noch Nacht für Nacht den Flur.

Eines Abends war Klaus gerade dabei, auf dem Balkon die Blumen zu gießen. Als er damit fertig war, sah er, dass es langsam dunkel wurde, und wollte die Eule mit ins Haus nehmen. Als er sie ergriff, fragte er gut gelaunt: „Na, Eule, wie heißt du denn?"

Als ob die Eule spontan geantwortet hätte, gab Klaus sich selbst die Antwort und sagte laut: „Lucie." Über sich selbst belustigt schüttelte er den Kopf: „Ich hab einen Vogel." Die Doppeldeutigkeit ließ ihn grinsen. Dann stellte er Lucie wie immer auf dem Flurschränkchen ab und ging zu seiner Frau, um ihr den Spaß mit der Namensgebung zu erzählen.

Sie saß am Computer und meinte dann: „Lass uns doch nachschauen, was der Name Lucie für eine Bedeutung hat."

Gesagt, getan, und sie gab ihn im PC ein. Als der entsprechende Eintrag gefunden war, wurden Klaus Augen groß und größer. Er las noch einmal: *„Lucia, Luzia. Auch: Lucie, Luzie. Aus dem Lateinischen. Bedeutung: lux = ‚Licht'."*

Klaus kratzte sich den Kopf. War das ein Zufall? War das eine Eingebung? Lucie war das Licht; jede Nacht war sie es, zwar ein bescheidenes Licht, aber es verhinderte, schlaftrunken gegen die nächste Türfüllung zu laufen, wie es Klaus schon passiert war.

Die spontane Namensgebung und die jetzt entdeckte Bedeutung des Namens, der nicht besser hätte zur Aufgabe der Eule passen können, ließen Klaus nachdenklich werden. Hatte da jemand in seinem Unterbewusstsein die Weichen gestellt, oder hatte ihm Lucie auf telepathischem Weg selbst ihren Namen genannt?

LISA

Die Klingel schrillte ungestüm mehrmals hintereinander. Ich ließ die Zeitung fallen und sprang fast aus dem Sessel.

Auf dem Weg zur Tür dachte ich, dass wohl mein Söhnchen so wild geklingelt hatte, aber als ich öffnete, stand da ein aufgeregter Sechsjähriger und schaute mich mit weit aufgerissenen Augen an.

Er atmete hastig, fuchtelte außer sich mit den Händen und stotterte: „D-d-da ist ein Tier! Da unten, am Eingang. Komm mal, ich zeig's dir."

Ich hatte keine Ahnung, was er meinte, aber es war mehr als deutlich, dass da etwas Ungewöhnliches sein musste, was ihn so aus der Fassung gebracht hatte.Der Junge wohnte mit seiner Familie in der Wohnung über uns, und er kannte mich. Für den Kleinen war ich der „gute Onkel", von dem er sich jetzt Hilfe erhoffte.

Ich nickte und nahm die Wohnungsschlüssel. Er stürmte sofort los, ich hinterher.

In aufgeregten Sprüngen, treppab, führte er mich zum Hintereingang unseres Hauses.

Schon von der angrenzenden Treppe her sah ich an der Tür zwei weitere Kinder knien und auf den Fußabtreter starren.

Wir waren fast angelangt, als er mich regelrecht zum Fußabtreter hinzerrte.

„Da guck mal, da drinnen ist das Tier. Ist das gefährlich?"

Bisher wusste ich nicht, was mich erwartete, aber die drei Kinder starrten aufgeregt in den Stahlrost des Fußabtreters.

Dem kleinen Mädchen nahm ich erst einmal sein Stöckchen aus der Hand, weil es damit in dem Rost herumstochern wollte, und ich sah, dass sich darunter etwas bewegte.

Ich kniete mich auf die Stufen und schaute genauer hin.

Das Tierchen hielt inne, wahrscheinlich weil wir plötzlich alle still waren, und ich erkannte eine sandfarbene Ratte in der

Grube unter dem Rost. Ihr Anblick löste bei mir sofort Neugier, Freude und so etwas wie einen Beschützerinstinkt aus, weil ich sah, dass es sich um die Art von Ratte handelt, die damals in allen Zoogeschäften zu kaufen war.

Ich erklärte den Kindern, was sie für ein Tier entdeckt hatten und dass es wohl ein ziemlich böser Mensch gewesen war, der so eine kleine Ratte hier einfach ausgesetzt hatte.

„Habt keine Angst, die ist nicht gefährlich. Ich werde sie mitnehmen in meine Wohnung und ihr ein Zuhause geben. Na, da wird sich mein Sohn aber freuen. Rückt einmal ein Stückchen zur Seite."

Die Kinder sahen mich mit großen Augen an, und das kleine Mädchen fragte ängstlich: „Beißt die denn nicht, wenn du sie anfasst?"

„Ihr müsst ganz still sein, damit sie keine Angst hat, dann wird sie mich schon nicht beißen."

Vorsichtig hob ich das Gitter an einer Seite an und fuhr mit einer Hand darunter. Vollkommen verängstigt drückte sich die kleine Ratte in die Ecke der Betongrube.

Die Kinder hielten den Atem. Die Ratte ließ sich ohne jegliche Gegenwehr greifen.

Als ich meinen Arm wieder draußen hatte, öffnete ich meine Hand leicht und betrachtete sie.

Mein kleiner Schützling kauerte ganz still in meinen Händen, und man sah kaum, dass er atmete. Die Kinder machten lange Hälse.

Der Junge, der mich alarmiert hatte, wagte es, ganz vorsichtig mit einem Finger über ihr sandfarbenes Fell zu streicheln.

„Och, ist die schön", flüsterte er.

„Ja, sie ist schön, und jetzt hat sie bei mir ein neues Zuhause. Sagt einmal, hat jemand von euch gesehen, wer sie hier ausgesetzt hat?" Alle drei schüttelten gleichzeitig die Köpfe.

„So etwas macht man nicht. Wenn man sich so ein Tierchen kauft, muss man auch dafür sorgen, dass es ihm gut geht, und darf es nicht einfach hier aussetzen. Das ist verantwortungslos. Aber es ist gut, dass ihr mich geholt habt, denn lange hätte die kleine Ratte hier in diesem Betonloch nicht überlebt."

Als ich dann meinen Pullover anhob und die Ratte darunter schob, blickten die Kinder entsetzt drein.

Die Ratte blieb aber ganz ruhig, schmiegte sich an meinen Körper, so als ob sie das schon kannte.

Ich dankte den Kindern, strich ihnen mit der Hand über die Köpfe und ging zum Fahrstuhl.

Irgendwie ist das wie eine Fügung, ging es mir durch den Kopf.

Der Nachbarsjunge wusste, dass ich einmal in einem Terrarium Degus gehalten hatte. Allerdings war das ‚Terrarium‘ ein kleiner Schrank mit zwei Glastüren, den ich entsprechend umgebaut hatte, damit er nicht nur schön, sondern auch wohnlich für die kleinen Nager war.

Dieses Schränkchen stand seit einiger Zeit leer herum und würde nun Lisas neue Wohnung sein.

Wie kam ich auf den Namen Lisa? Der Name war ganz plötzlich in meinem Kopf, und er gefiel mir.

Vor einem Jahr fragte mich ein Mädchen aus dem Nachbarhaus, ob ich ihre kleine Ratte für die Zeit des Urlaubs pflegen könnte. Damals hatte ich noch keine Erfahrung mit Ratten gehabt, aber ich tat ihr den Gefallen und hatte große Freude an dem Tierchen gefunden. Durch dieses Erlebnis hatte ich auch festgestellt, dass so eine Ratte ein ganz liebes und zutrauliches Haustier ist, das auch eine echte Beziehung zu seinem Pfleger eingeht.

In der Wohnung angekommen, setzte ich Lisa in einen Karton und holte sofort ihr neues Zuhause, den Terrarium-Schrank, aus unserer Kammer. Als ich dabei war, ihn herzurichten, kamen kurz nacheinander mein Sohn Falko und meine Frau. Sie staunten beide nicht schlecht, als ich ihnen unsere neue Mitbewohnerin vorstellte und in das Schränkchen setzte.

Meine Frau schaute zunächst etwas pikiert und verließ den Raum, aber Falko war sofort neugierig und begann Lisa zu streicheln.

Das Rattenmädchen hatte ganz sicher gemerkt, dass es jetzt in guten Händen war, und machte sich neugierig an die Begutachtung seines neuen Heims. Obwohl die Glastüren noch offen standen und mein Sohn sie hin und wieder berührte, erkundete Lisa zielstrebig ihr neues Zuhause.

Plötzlich stand meine Frau wieder hinter uns und hielt mir eine kleine Möhre und ein Apfelstückchen hin.

Es war fast wie ein kleines Wunder, das Rattenmädchen Lisa machte sich sofort über das frische Futter her, und wir drei sahen zu und freuten uns über das neue Familienmitglied.

Lisa wurde eine ganz liebe Freundin. Wenn ich von der Arbeit kam und sie in der Stube herumlief, rannte sie sofort auf mich zu und krabbelte an meinem Bein hoch. Auf dem Schenkel angekommen, machte sie sich ganz flach und verhielt sich vollkommen still. Das hieß dann: „Bitte streicheln."

EINE KLEINE
WEIHNACHTSGESCHICHTE

Herbert wohnt gleich um die Ecke.

Es ist schon dunkel, und die Einkaufsmeile ist festlich geschmückt.
Die Schaufenster strahlen im Glanz der vielen Lichter.
Obwohl noch ein paar Leute durch die Geschäfte hasten, merkt
man doch, dass langsam Ruhe einkehrt – der Heilige Abend.

Herbert war auf dem Weg zu seiner Wohnung. Weit war es ja
nicht mehr, und schwer zu tragen hatte er auch nicht. Trotzdem hatte er es heute eilig; ihm war so bitterkalt wie schon lange nicht mehr. Aber die Kälte war nicht der einzige Grund, warum er so in Eile war.
Heute war Weihnachten – Heiligabend.
Herbert hatte sich ein kleines Festmahl zusammengeschnorrt
und freute sich schon so darauf, dass er darüber seine zitternden
Glieder und die Kälte fast vergaß.
Mit steifen Fingern betastete er den Beutel und zählte im Gedanken die Dinge auf, die er heute erbettelt hatte: Da waren drei
Äpfel, eine Mandarine, zwei Rosinenbrötchen, eine angebissene
Tafel Schokolade, eine Knackwurst und die Flasche Glühwein-
punsch, auf die er sich am meisten freute.

Gleich war er zu Hause. Der Wind pfiff anhaltend unangenehm
und zwickte ziemlich böse in Herberts Ohren.
Endlich erreichte er die alte Fabrik. Herbert beschleunigte
seine Schritte. Die Erwartung an sein kleines Festmahl und die
Gedanken an die brennende Kerze gaben ihm noch einmal et-
was Kraft.
Nur noch den zugigen Durchgang, dachte er, denn seine
Wohnung lag über den Hof, in einem der hinteren Gebäude.
Wenn draußen ein Lüftchen wehte, war es in diesem Durchgang

immer schon ein mittlerer Sturm, und heute wehte in der Stadt überall ein starker Wind.

Herbert hielt sich mit klammen Fingern seinen Kragen zu und zog den Kopf tief zwischen die Schultern. Nur noch die letzten Meter, dachte er.

Auf dem Hof bog er links ab, zum hinteren Teil des Seitengebäudes. Ganz hinten in der Ecke war der Eingang zu einem kleinen Keller, seiner Wohnung.

Es war nur ein winziger Keller, aber der einzige Raum in diesem alten Fabrikgebäude, der keine Löcher in den Wänden hatte und der verschließbare, unbeschädigte Fenster sowie eine Tür besaß.

Herbert hatte sich in Ermangelung eines Ofens ein kleines Schlafzelt aus Folien und Decken gebaut, das seine eigene Körperwärme bei ihm hielt, sodass er im Schlaf nicht erfror.

Aber er besaß auch eine kleine Wärmequelle, einen alten Benzinkocher, auf den er sich jetzt richtig freute.

Endlich war er angekommen. Er schloss die Tür sorgfältig, stellte den großen Beutel ab und suchte mit klammen Fingern nach den Streichhölzern. Gleich wird mir wärmer, dachte er.

Irgendetwas stimmte mit ihm nicht, so kalt wie jetzt war ihm noch nie, und dermaßen erschöpft hatte er sich auch noch nie gefühlt.

Da waren ja die Streichhölzer, und mit zittrigen Händen zündete er seinen Benzinkocher an. Er schaute in den Beutel und holte zuerst die dicke Kerze hervor. Um Streichhölzer zu sparen, zündete er sie gleich am Kocher an.

Um Herbert breitete sich ein warmer Schein aus, der aber nicht bis an die gegenüberliegende Wand reichte. Das machte ja auch nichts, es gab dort nichts zu sehen außer der kahlen Wand mit Spinnenweben und Stockflecken.

Im Schein der Kerze breitete Herbert seine Habseligkeiten aus und sortierte sie für sein Festmahl.

Weil ihm immer noch kalt war, entschied er sich um. Er entkorkte zuerst die Flasche mit dem Punsch und goss etwas davon in den kleinen Topf, der neben dem Kocher stand.

Nur etwas zum Aufwärmen, dachte er, um meine Lebensgeister wiederzuerwecken, mir ist so kalt.

Kurze Zeit später begann der Punsch im Topf zu dampfen, und Herbert goss vorsichtig etwas in seinen Trinkbecher. Er legte beide Hände um den Becher, das tat ihm gut. Die Finger wurden richtig heiß, aber das war gut so, und die Wärme kribbelte langsam bis in die Arme hinein.

Herberts Nase kostete schon mit Vorfreude den Duft des Punsches.

Er spitzte die Lippen und nahm ganz vorsichtig den ersten kleinen Schluck. Genüsslich sog er ein paar Tropfen über den Becherrand und schloss die Augen. Schön, dachte er, jetzt kann es Weihnachten werden.

In seiner Küchenkiste war auch ein Teller mit goldenem Rand, und den holte er jetzt hervor.

Herbert schnitt eines der Rosinenbrötchen in drei Teile und legte sie auf den Teller, dazu ein paar Scheiben von der Wurst und einen Apfel. Dann schälte er die Mandarine und verzierte seinen Teller mit den Scheiben, so wie er sich eine kleine Festtafel vorstellte.

Von vorne neben der Tür holte er einen Tannenzweig, der dort schon seit Tagen auf die Stunde im goldenen Licht wartete.

Er legte den Zweig dicht neben der Kocher und stellte die Kerze in eine Verästelung des Zweiges.Ein Lächeln huschte über sein Gesicht, als er ein Zweiglein abbrach und über der Kerzenflamme verbrennen ließ. Es zischte und puffte, wunderbarer Tannenduft verbreitete sich. So hatten wir es früher zu Hause auch gemacht, dachte er.

Herbert goss wieder etwas Punsch in den Topf und ließ ihn heiß werden. Er griff nach seiner Schlafdecke und legte sie sich um seine mageren Schultern. Ihm war immer noch unerträglich kalt.

Als der Punsch heiß war, füllte er den Becher fast bis zum Rand und summte dabei ein Weihnachtslied, das er noch aus Kindertagen kannte.

Endlich konnte sein Festmahl beginnen.

Zuerst nahm er noch einen Schluck heißen Punsch. Jetzt tat dieser seine Wirkung, und ihm wurde endlich wohler, als die Wärme durch seine Kehle rann. Er nahm sich ein Stück von dem Rosinenbrötchen – mhmm, es duftete sogar noch. Die Wurst schmeckte auch köstlich. Schade, dass die Garnierung verloren geht, wenn er die Mandarinenscheiben isst, aber die waren so schön saftig und aromatisch, die mochte er schon immer.

Alles das, was Herbert tat und dachte, beobachtete jemand, einer der Gerechten, einer, der niemanden übersieht. Es war der, der die Krummen wieder gerade macht.

Manchmal freute er sich auf seine Arbeit, aber hier hatte selbst er, dort, wo normalerweise das Herz sitzt, ein klammes Gefühl.

Herbert hatte indes den zweiten Becher Punsch getrunken, und sein Zittern hatte aufgehört. Wohlige Wärme breitete sich in ihm aus.

Als er wieder einen kleinen Schluck nahm, flog ein leises Lächeln über sein Gesicht. Der Punsch wärmte ihn gut, und seine Decke umfing ihn sanft. Herbert begann zu träumen.

Seine Gedanken gingen weit zurück, so weit, dass er sich plötzlich wieder glücklich fühlte.

Irrte er sich, oder brannte die Kerze plötzlich viel heller?

Ihr Licht strahlte in einem warmen Orange und erhellte einen Raum, der ihm vertraut schien.

Sein Herz begann stärker zu klopfen, und Freude stieg in ihm auf. Nichts tat ihm mehr weh, und ihm war so wunderbar warm.

Dort, in dem goldenen Licht sah er undeutlich eine Bewegung. Noch konnte er nichts erkennen, die Kerze blendete ihn etwas.

Hier bin ich doch nur allein, ging es ihm durch den Kopf. Aber wer kam da auf ihn zu?

Doch Herbert hatte keine Angst; Zuversicht und Freude ergriffen Besitz von ihm. Dann wurde alles klarer, und er sah seine Mutter langsam auf sich zukommen.

„Mama", hauchte er leise, „wo warst du so lange? Ich wusste doch, dass du kommst."

Sie kniete sich vor ihm hin, und im Kerzenschein konnte er ganz deutlich ihr liebes, gütiges Gesicht erkennen.

Sie strich ihm über den Kopf, und er legte ihn an ihre Brust. Herbert fühlte nur noch Geborgenheit. Er kuschelte sich tief in Mutters Arme und dachte glücklich: Weihnachten.

Alles war in warmes, goldenes Licht getaucht. Nie mehr wollte er aus diesem Traum erwachen.

Als das erste Tageslicht durch die Kellerfenster sickerte, brannte die Kerze noch immer. Die Tür war einen Spalt breit aufgesprungen, und es wehten kleine Schneeflocken in den Raum, hauchzart, wie ein Schleier.

Das Kerzenlicht zitterte leicht. Herbert saß zusammengekauert, in seine Schlafdecke gehüllt, ganz still.

Die weißen Wölkchen vor seinem Mund hatten aufgehört zu entstehen, und das sanfte Licht der Kerze erhellte sein Gesicht, auf dem ein Lächeln lag.

HANS, DAS SILBERFISCHCHEN

Dezember, kalte Füße plagten mich, und ich beschloss, in die Wanne zu steigen und mich im warmen Wasser aufzuwärmen. Das warme Wannenbad liebe ich über alles, allerdings wäre mir eine Sauna noch lieber.

Als ich dabei war, mich auszuziehen, huschte ein Silberfischchen über den Boden, und sofort fesselte es meine Aufmerksamkeit.

Eine Erinnerung schoss mir durch den Kopf. Ich murmelte „Hans" und ging in die Hocke. Diese kleinen Wesen faszinierten mich immer wieder.drei Jahre wohnten wir nun in dieser Wohnung, und das war die erste Sichtung eines Silberfischchens. *Wie kommt der hierher? Die können ja nicht aus dem Nichts entstehen!* Ich stieg grübelnd in meine geliebte, kleine Badewanne. Wie heute überall üblich, wird gespart, und so ist in dieser Neubauwohnung die Badewanne eher eine Badeschüssel. Merkwürdig ist nur das Verhältnis von Badewannen zu Mieten, das irgendwie umgekehrt proportional zu sein scheint. Früher waren die Badewannen viel größer, aber die Mieten geringer.

Die Wärme des Wassers umfing mich wohltuend, und meine Gedanken gingen zurück zum Silberfischchen und noch weiter zurück in die alte Wohnung, wo viele Silberfischchen sich im Bad tummelten. Ich dachte an eines dieser flinken Tierchen, dem ich damals sogar einen Namen gab: Hans.

Schon in der damaligen Wohnung habe ich genauso gerne gebadet wie heute, aber es war ein älteres Haus, mit großer Badewanne, und im Bad waren Silberfischchen nicht selten. Irgendwann fiel mir ein sehr großes Exemplar auf, und ganz spontan taufte ich es auf den Namen Hans. Da ich nicht bloß einmal in der Woche badete, prägte sich mir Hans mit seiner überdurchschnittlichen Größe ein, und meine Blicke verfolgten ihn immer so lange, bis er in irgendeiner Ritze verschwand.

Wissbegier war mir schon seit meiner Kindheit eigen, und daher war es ganz natürlich, dass ich über Silberfischchen nachlas, als Kind im dicken Lexikon und heute im Internet: *Das Silberfischchen (Lepisma saccharina) ist ein flinkes, lichtscheues und flügelloses Insekt* ... Und man weiß sogar, dass diese Tierchen die Erde seit über dreihundert Millionen Jahren besiedeln. Dass sie so unglaublich lange und erfolgreich auf unserer Welt existieren, nötigte mir wirklich Achtung ab.

Das warme Wasser genießend, machte ich die Augen zu und überließ mich seiner wohltuenden Wirkung. Ich war schon leicht eingedöst, da ging mir wieder Hans durch den Kopf. Hans kann mir ja wohl kaum von der früheren Wohnung bis hierher gefolgt sein, aber es war schon merkwürdig, dass das Silberfischchen, das ich vorhin sah, auch sehr groß war und genau so aussah wie Hans.

Die Wärme tat ihre Wirkung, und ich spürte fast nichts mehr, außer im Kopf den Gedanken an Hans.

Die Wärme tat so gut, dass es mir vorkam, als schwebte ich in einem warmen Dunst, und so fiel es mir leicht, über den Badewannenrand zu schauen. Was ich sah, ließ mich die Augen weit aufreißen: Direkt vor der Wanne auf dem Badeteppich saß Hans mit hochgerecktem Kopf, eine ungewöhnliche Haltung für so ein Tierchen. Meine wohlige Mattigkeit war sofort wie weggeblasen, und ich setzte mich auf, um besser sehen zu können.

„Träume ich, oder bist du das wirklich, Hans? Ach, das kann ja gar nicht sein. Das gibt's doch nicht."

Ich beugte mich noch weiter vor und starrte das kleine Ding mit aufgerissenen Augen an.

„Hm, wenn wir miteinander reden könnten, wäre das bestimmt interessant. Deine Art lebt seit über dreihundert Millionen Jahren, da könntest du mir bestimmt viel erzählen."

Ich beugte mich noch weiter vor und murmelte: „Wenn ich könnte, würde ich mich zu dir setzen."

Fast schien es mir, als ob Hans genickt hätte. Komisch, doch dann spürte ich ein sehr eigenartiges Gefühl im ganzen Körper. Irgendeine Kraft zog mich tiefer zu Hans, immer tiefer, und ich rutschte langsam über den Badewannenrand. Ich hatte nicht einmal das Bedürfnis, mich zu halten, und dann lag ich unten auf dem Teppich, Hans direkt vor mir. Mir standen die Haare zu Berge, als ich merkte, dass wir uns auf Augenhöhe gegenübersaßen. Ich vergaß fast zu atmen und schluckte hart. Angst kroch mir über den Rücken, als ich mich umschaute, aber es war real: Wir saßen uns auf Augenhöhe gegenüber.

Das Badezimmer war plötzlich riesig, und die Wanne, in der ich eben noch gesessen hatte, war hinter mir wie ein Felsmassiv.

Ein pulsierendes Summen drang an mein Ohr, das sich immer mehr zu einem Wispern wandelte, und ich spürte am ganzen Körper Gänsehaut. Jetzt hockte ich auf allen vieren vor einem Wesen, das seine langen Fühler in meine Richtung ausstreckte und mich aus großen, dunklen Facettenaugen anstarrte. Seine Fühler spielten langsam um meinen Kopf und berührten mich ganz sacht.

Plötzlich war es so, als ob diese Situation alltäglich wäre; meine Angst war weg, und ich konnte ganz entspannt in seine blicklosen Augen sehen. Sie waren so anders, nicht wie Augen, die wir kennen: lidlos, rund, ohne Pupillen, oder besser gesagt mit ganz vielen Pupillen. Es waren lauter dunkle Linsen, die starr auf mich gerichtet waren.

Hans bewegte sich ein ganz kleines Stück auf mich zu, und seine Fühler strichen leicht wie eine Daunenfeder über meine Haare, dann über mein Gesicht, und die Berührungen waren wie die Frage: „Wer bist du?"

In meinem Kopf formte sich eine Frage, und ich wollte den Mund aufmachen, da riss mich eine heftige Berührung an der Schulter aus diesem seltsamen Moment. Worte dröhnten in mein Ohr: „He, wach auf! Du schnarchst ja wie ein Elefant mit Knoten im Rüssel."

Meine Frau stand vor mir, lachte mich an, und ich spürte, dass mein Badewasser schon ziemlich kalt geworden war.

Der Autor

Hans-Jürgen Hennig, geboren 1948 in Berlin, arbeitete nach seinem Studium in Leipzig als Abteilungsleiter in einer großen Druckerei und dann als Quereinsteiger in der Nationalen Volksarmee, wo er eine mobile Druckerei mit sechs Sattelzügen leitete. Nach seinem Umzug nach Bayern und seiner Pensionierung vollzog der Vater zweier Söhne und leidenschaftliche Hobbygärtner einen Seitenwechsel: vom gelernten Buchdrucker zum Buchautor. Bisher veröffentlichte er die Gedichtbände Trau dich, zeig Gefühl (2008) und Lass uns träumen (2011) sowie den Roman Zwei gegen Ragnarøk (2018).

Der Verlag

*Wer aufhört
besser zu werden,
hat aufgehört
gut zu sein!*

Basierend auf diesem Motto ist es dem novum Verlag
ein Anliegen, neue Manuskripte aufzuspüren, zu ver-
öffentlichen und deren Autoren langfristig zu fördern.
Mittlerweile gilt der 1997 gegründete und mehrfach
prämierte Verlag als Spezialist für Neuautoren in
Deutschland, Österreich und der Schweiz.

**Für jedes neue Manuskript wird innerhalb
weniger Wochen eine kostenfreie, unverbind-
liche Lektorats-Prüfung erstellt.**

Weitere Informationen zum Verlag und
seinen Büchern finden Sie im Internet unter:

www.novumverlag.com

Zeitfracht Medien GmbH
Ferdinand-Jühlke-Straße 7
99095 Erfurt, Deutschland
produktsicherheit@kolibri360.de